シャスタ山

シャスタの雲

シャスタの空

パンサーメドウズの蝶

シャスタ、マクラウドの貸別荘

パンサーメドウズからシャスタ山頂を望む

プルートケーブの穴からの空

マクラウドリバー上流

マクラウドフォールズ・
アッパーフォールズから上流

マクラウドフォールズ・ミドルフォールズ

シャスタシティパーク遊歩道

ハートレイクから
キャッスルレイクを望む

モスブレー
フォールズ

手前の丘からハートレイクを望む

マクラウドフォールズ上流の妖精のいる場所

シャスタの森を通る道路 (鹿出没)

シャスタ光の旅

世界七大聖山を行く

酒井 秀雄 Hideo Sakai

まえがき

「シャスタが呼んでいる」

そう感じた人が訪れる場所と言われるシャスタ山とその周辺は、自然のワンダーランドです。

ここを訪れた人は、今までにない色々な体験をすることが多くあります。

心地良い環境の中で心の深い部分で感応し、魂の奥の部分が共感して、それまで気づかなかったことに気づき、眠っていた力が目覚めるような体験をすることができる場所です。

シャスタには、世界七大聖山のひとつと言われるシャスタ山があります。

富士山に似ていますが、異なる感覚で、いつまで見ていても飽きない、懐の深い山です。

シャスタ山の魅力は、他のパワースポットにはない、気、波動、エネルギー、光にあります。

癒やされたいとき、疲れたとき、迷ったとき、パワーを貰いたいとき、自分を見つめたいとき、山はいつも私たちを包み込み、愛と元気と溢れるほどのエネルギーを与えてくれます。

休みたいとき、立ち止まって考えたいとき、次に進みたいとき、シャスタは招いてくれます。

私は２０１６年９月に続き、翌年の８月にもシャスタに行きました。

本書は、２回目に行った２０１７年８月のことを中心に書いています。単なる観光案内でも紀行文でもなく、不思議体験と気づきの記録です。

シャスタ山と周辺の魅力、旅での気づき、充実した不思議体験などをお伝えしていきます。


この旅をとても濃い内容にしたのは、素晴らしい人たちとの出会いによるところが大きいです。

私が以前2回参加した米国セドナ・ホピツアーを主催した方が、私の求めに応じてくださり、シャスタの旅が実現しました。この方はアメリカに住んで30余年、40年前から世界各地を旅して回る経験豊富な通訳者であり翻訳家で、ツアーの主催と案内もされています。

自然体で行動され、気や見えない世界に理解があり、多彩な才能をお持ちで、他では味わえないスペシャルな旅となりました。加えてツアーメンバーの、普通では見えないものが見える人、通常ではできない対象と話をしたり、異次元、異星と交信する能力のある人と、見えない存在様のお陰でもあります。

恵まれた自然と異次元界に触れられるマジカルな旅へ、さあ出かけましょう。

シャスタ光の旅　世界七大聖山を行く　―目次―

まえがき……11

第一章　シャスタ山の自然、街の魅力……18

1 自然の魅力……18

シャスタ山［Mt.Shasta］……22 ／ バーニーフラット［Bunny Flat］……28 ／ パンサー
メドウズ［Panther Meadows］……28 ／ オールドスキーボウル［Old Ski Bowl］……29
レイクシスキュー［Lake Siskiyou］……29 ／ キャッスルレイク［Castle Lake］……30
ハートレイク［Heart Lake］……30 ／ マウントシャスタシティパーク［Mt. Shasta City
Park］……36 ／ マクラウドフォールズ［McCloud Falls］……37 ／ バーニーフォー
ルズ［Burney Falls］……40 ／ スクアーバレー［Squaw Valley］……41

モスブレーフォールズ［Mossbrae Falls］……42 ／ プルートケイブ［Pluto's Cave］……42
メディスンレイク［Medicine Lake］……45 ／ レイクマクラウド［Lake McCloud］……46
シスンメドウパーク［Sisson Meadow Park］……46 ／ ゲートウェイピースガーデン［Gateway Peace Garden］……47 ／ スチュワートミネラルスプリングス［Stewart Mineral Springs］……47 ／ ラベンダーファーム［Lavendar Farm］……47
ブラックビュート［Black Butte］……48

2 街の魅力……48

マウントシャスタシティ［Mt. Shasta city］……48 ／ フィッシュハッチリー&シスンミュージアム［Fish Hatchery & Sisson Museum］……48 ／ シャスタカスケードのクラフトビール……51
各国の茶葉が揃うティーショップ［Sereni-tea］……51 ／ オーガニックのスーパー［berryvale grocery and cafe］……52 ／ ストーニーブルックイン［Stoney Brook Inn］……52

第二章　シャスタ山のスピリチュアルな魅力……54

1 聖地、パワースポットとしての魅力…55

世界七大聖山……55 ／ 地球のエネルギーライン、レイライン……56 ／ ルートチャクラ［Root Chakra］……57 ／ セイクラルチャクラ［Sacral Chakra］……57 ／ ソーラープレグザス チャクラ［Solar Plexus Chakra］……58 ／ ハートチャクラ［Heart Chakra］……58 ／ スロートチャクラ［Throat Chakra］……59 ／ サードアイチャクラ［Third Eye Chakra］……59 クラウンチャクラ［Crown Chakra］……60

2 自然や見えない世界の魅力…63

レムリア大陸・地底都市テロス……63 ／ ＵＦＯ……64 ／ 自然の中の見えない存在……64 自分を見つめる、本来の自分に出会う場所……65

第三章　シャスタ山への旅立ち……66

第四章　シャスタ山での出会い……136

まっさん……137／てるさん……139／さんちゃん……140／きのこちゃん……142
舞さん……143／美保子さん……144

第五章　シャスタ山の感じ方……146

第六章　シャスタマジック、シャスタ山の贈り物……153

1 シャスタマジック……153

2 ツアー仲間のシャスタマジック……155

まっさん……155／さんちゃん……155／てるさん……156／きのこちゃん……156
舞さん……157／美保子さん……158／私……158／旅の後で……160

あとがき……161

第一章　シャスタ山の自然、街の魅力

自然のワンダーランド！

と、まえがきで書きましたシャスタの魅力をご紹介いたします。

1　自然の魅力

「シャスタに呼ばれている」と言う人がいます。

初めてではあっても、シャスタと聞いてその響きに何かを感じる人は、呼ばれている人です。シャスタ山はアメリカ、北カリフォルニアに位置し、エベレストや富士山と並ぶ世界七大聖山のひとつと言われています。

何千年も昔から先住民族が敬い祈りを捧げてきたシャスタ山は、神聖で崇高なエネルギーを放っています。

形もよく似ている富士山と繋がっているという説もあり、神秘的です。

シャスタ山とその周辺には、手つかずの自然が残っています。泉、川、滝、湖、森林、花、草木、湿原、青く澄んだ空、雲、風、冬期は雪。至る所で感じる光、おいしい空気、開発されていない環境が素晴らしい所です。

シャスタに一度訪れるとまた行きたい、できれば住みたいと言う人も多いようです。

シャスタ山は、アメリカ西海岸カリフォルニア州レディングの北、カスケード山脈に属する山のひとつ。標高4322メートルの円錐形の山で、シャスタとシャスタティーナという2つの頂があり、万年雪を抱く美しい姿の休火山です。1万年の間に平均で800年ごとに噴火しており、最後に噴火したのは1786年だそうです。形は富士山に似て見事な円錐形で、平地にそそり立っています。

美しい姿をしていることもあって、登山家の間でも一度は登りたい山のひとつとされています。

重い荷物を背負っての本格登山は登山家に任せて、私たち旅行者は整備された道路を車で上り、駐車場からはやはり整備されたトレイル（森林や原野などにある「歩くための道」）を歩きます。

ワイルドフラワーが咲き乱れる草原を歩き、高山らしく岩肌の出ている山道脇を流れる湧き水の音を聞いたり、周囲の風景や空を眺めながらの散策は、とても心地いいものです(8月、9月の感想ですが)。

シャスタ山はいつ見ても飽きない山で、角度によって違う表情があり、趣《おもむき》があります。

シャスタ山を中心とした一帯は、Shasta-Trinity National Forestとして米政府が管轄しているエリアで、広大な自然が本来の姿に近い形で保護されています。山、森、川、滝、湖が至る所にありますが、ヨセミテなどの国立公園と違い、そんなには観光地化されていないため、トレイルではあまり人とすれ違うことがなく、トイレも少なくて水洗でないことも多いです。ここにあるのは、北カリフォルニアの大自然のみと言っても過言ではないでしょう。乾燥した砂漠のような岩場から、みずみずしい森林まで、表情豊かな自然に出会えます。

シャスタへのアクセスについて、ガイドブックやサイトの多くは「一番近い空港はサンフランシスコ国際空港、そこから車で5時間のドライブ」と案内しています。しかし、私は2回とも空路サンフランシスコ経由でレディング空港まで行きました。レディング空港から車で2時間で、シャスタ山麓のシャスタシティに着きます。2016年はシャスタのウイード、2017年はシャスタのマクラウドに宿泊しました。

シャスタ山で著名なのはきれいな湧き水。美味しいことも有名ですが、聖水とも呼ばれています。

日本でも売られているミネラルウォーターのクリスタルガイザーの源泉地としても知られています。この土地は、米国では珍しく水道の蛇口をひねると日本のように飲める水が出ます。

地元の人もホテルや貸別荘に泊る旅行客も、水道水が飲めて美味しいので得した気分です。アメリカの水は通常硬水ですが、シャスタは珍しく軟水です。とても円やかな味です。特にこれから紹介するシャスタシティパークにある湧き水はシャスタ山の地下深い深層水から来ているので、自然濾過されて大変きれいで透き通り、とても冷たい点も美味しい要因です。喉を潤してくれる甘露な水です。

泉から出る水が体に入ると、そのパワーが染みこむように感じます。

従って、シャスタシティパークの湧き水には、朝から夕方までペットボトルや大きな容器で湧き水を汲む地元の人や旅行者などで賑わっています。

シャスタ山とその周辺は、いるだけで癒やされ、水で体内から浄化されるという効果もあります。

次に、シャスタの有名スポットを紹介します。

シャスタ山［Mt. Shasta］

4322メートルの休火山。昔はシャスタ（Shasta）族、カルーク（Karuk）族、ウィンツ（Wintu）族、クラマス（Klamath）族、ピット（Pit）族、モドック（Modoc）族などのネイティブアメリカンが、この地域の豊かな自然と共存していました。シャスタ山には、シャスタ、シャスティーナと呼ばれる山頂が2つ重なっています。

そのため角度によって、雄大な山の表情が変わっていきます。

この2つの名称で推測できると思いますが、男性性、女性性の両面を合わせ持つ山です。

シャスタ山自体の美しさに加え、周辺に浮かぶ色々変化する雲も見ていて飽きません。

シャスタ山

オールドスキーボウルからシャスタ山頂の雲

シャスタシティ中心街から見るシャスタ山

オールドスキーボールの岩場から見るシャスタ山

パンサーメドウズのお花畑

パンサーメドウズの泉

シャスタ山オールドスキーボウルのトレイル入口

シャスタ山に雲がかかる場景

シャスタ山頂

オールドスキーボウルからシャスタ山頂

アクセスは、シャスタシティからLake st.へ、そのまま道なりに進み左カーブでEveritt Memorial highwayに入ります。右側に熊のマークの高校が見えたら、そこから約19キロで5合目のバーニーフラットに到着します。

バーニーフラット［Bunny Flat］**（シャスタ山の5合目　2132メートル）**
シャスタ山に挨拶に向かうのに最初に訪れる場所。ここは大雪以外、冬でもアクセス可能です。

駐車場、トイレがあり、各種のトレイルヘッド（登山口）があります。

パンサーメドウズ［Panther Meadows］**（シャスタ山中腹　2316メートル）**
昔から、そして今もネイティブアメリカンの儀式が行われる神聖で大切な場所です。トレイルはスプリング（泉）に繋がり、この水はマクラウドリバー（川）の源泉。7月～10月中旬頃のみアクセス可能。心を落ち着けて、自然を感じ静かに過ごす所で、瞑想したり、考えたり、景色を観たりなど楽しみ方は様々です。

パンサーメンドウズでは、必ずトレイルを歩きます。一度踏みつけられた植物が育つに

プルートケイブから望むシャスタ山

は２００年から４００年かかると言われています。神聖な場所なので、湧き水を飲んだり、大声を出したり、10人以上の集団で入ることはできません。自然を敬います。

オールドスキーボウル［Old Ski Bowl（Upper Parking lot　２３７７メートル）］

夏期のみアクセス可能。駐車場、ピクニックテーブル、ストーンサークルあり。シャスタ山向かいのエディ山（Mt.Eddy）の眺望が素晴らしく、夕日、夜空を見るにも最適です。

レイクシスキユー［Lake Siskiyou］

湖畔沿いにいくつも駐車場があり、ピク

ニックテーブルもあって各所で楽しめます。シャスタ山の写真スポットです。年中アクセス可能。湖沿いを一周できるトレイルも整備されています。4月1日〜10月31日はキャンプ施設も開かれ、ボートレンタルもあります。

キャッスルレイク［Castle Lake］

標高1660メートルに位置する透明な水をたたえた湖。夏はカヌーやピクニックを楽しんだり、湖で泳ぐ人でにぎわいます。冬は湖面が凍結し、状態によっては対岸まで歩くことも可能。

神秘的な湖で、森の精霊さんが迎えてくれるとも言われています。

ハートレイク［Heart Lake］

その名の通りハート形の湖。キャッスルレイクの脇から始まるトレイルを約1.7キロメートル登った所にあります。トレイルの先は、ほとんど整備されていない岩場で、道なき道を行くと所要時間約1時間程かかります。辿り着いた先はシャスタ山を見下ろす壮大な眺めが広がり、登ったかいがあります。

ハートレイク手前の丘からハートレイクを望む

湖畔昼食休憩場所からハートレイクを望む

丘から望むハートレイク

ハートレイク手前の小山頂の花壇

シャスタシティパーク水場から川へ

シャスタシティパーク泉の水くみ場

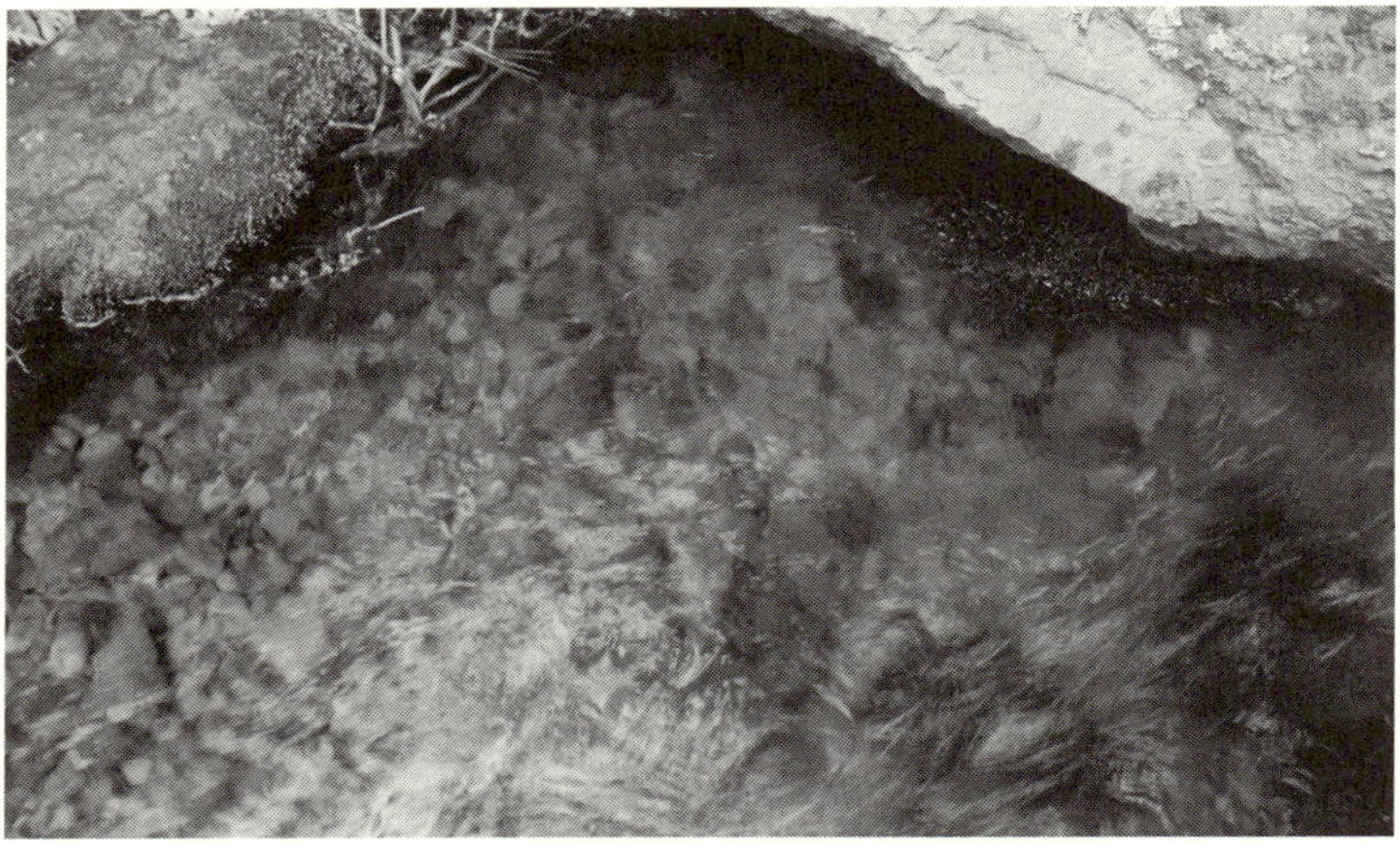

シャスタシティパークの泉

シャスタシティパークの遊歩道

シャスタシティパークの樹木

シャスタシティパークの小川

ブラックビュートとキャッスルレイクも一望できます。道に迷うことも多く断念する人もいて、「呼ばれた人だけ辿り着ける」とも言われています。

ハートレイクの畔《ほとり》に座っているとハートの扉が開き、気づきや変容が起こりやすい場所のひとつとのことです。アクセスは雪の状況により7月から10月頃まで可能です。

マウントシャスタシティパーク［Mt. Shasta City Park］

公園内にはトレイルがあり、散歩は気持ちよく、清らかな小川の流れとともにのんびり過ごすのに良い場所です。トイレ、ピクニックテーブルがありゆったり過ごせます。園内入り口近くにはシャスタ山の雪解け水の湧き水があり、聖水とも呼ばれ、美味しい水を求めて容器を抱えた多くの人が訪れます。シャスタ山の雪解け水は、サクラメントリバーの源泉水です。

何千年もかけて湧き出てくる水はシャスタ山の大自然の恵みで、美味しくて生き返る心地です。ここにいるだけで癒やされます。小川は夏でも冷たく数秒しか手足をつけられません。

マクラウドフォールズ［McCloud Falls］

シャスタ山からの源泉が流れるマクラウドリバーは、ロウアー、ミドル、アッパーフォールズの3つの滝がありトレイルで繋がっています。車での移動も可能で、雪で道路が遮断されない限りアクセス可能です。ロウアーフォールズからミドルフォールズまで片道約2キロメートルです。

30分～40分位、川の流れに沿い自然を満喫しながら整備された道をゆっくり歩けます。

・ロウアーフォールズ［Lower Falls］

ピクニックテーブル、トイレあり。滝へは駐車場からピクニックテーブル方面へ歩いてすぐ。

展望スポットがあります。

・ミドルフォールズ［Middle Falls］

3つの滝の中で一番迫力があります。ミドルフォールズの駐車場から滝を見下ろせるビューポイントまですぐ。滝へはトレイルを下っていきます。

マクラウドフォールズ・ロワーフォールズ

マクラウドフォールズ・ミドルフォールズ

マクラウドフォールズ・アッパーフォールズ

スクアーバレー

モスブレーフォールズ

・アッパーフォールズ［Upper Falls］

滝の上流はマクラウドリバーの穏やかな流れが見られます。ピクニックテーブル、トイレあり。

駐車場から滝の見える所まで徒歩すぐです。

バーニーフォールズ［Burney Falls］

カリフォルニアステイトパーク内にあり、落差39mある滝は水量が多く迫力があります。

ネイティブアメリカンのビジョンと瞑想の場とされる所もあります。

夏場でも舞い上がるしぶきで涼しく、マイナスイオンに満ち溢れています。

この場所では何回も、滝に住む女神や龍神が目撃されているという話もあります。

公園内にはピクニックテーブル、キャンプ場、トイレ、ショップあり。園内のレイクブリトンでは、ボートをレンタルしてアクティビティを楽しむこともできます。駐車場から滝を見下ろす展望スポットがあり、そこからトレイルを歩いて滝壺まで行くことができます。他にもトレイルがあるのでゲートで地図を入手しましょう。年中アクセス可能。

ここでは入場料が必要で、車１台につき一日８ドル（２０１６年６月時点）。バーニーの名前は、この地域に１８５０年代に移り住んだ開拓民のサミュエル・バーニーにちなんでいます。

スクアーバレー［Squaw Valley］

マクラウドの町の南に位置するスクアーバレーは、マクラウドに流れ込むシャスタ山の強いエネルギーの通り道になっている美しい渓谷です。渓谷沿いのトレイルを木々、草花を見ながらハイキングを楽しめます。途中のダートロードは普通車走行可能。駐車場から水音のする方へ下り、橋を渡る所からトレイルは始まります。駐車場脇にトイレあり。雪で道路遮断されない限りアクセス可能。

ただ、目標、案内板などがなく民家もないので行くのに苦労します。

モスブレーフォールズ［Mossbrae Falls］

幅広く広がる滝はまるでレースのカーテンのよう。緑が美しい苔に白糸のように留まることなく水が流れ光を放ち、女性的なきめ細かなエネルギーを感じ時を忘れます。滝の近くの線路は映画「スタンド・バイ・ミー」のロケ地になったことでも有名です。

但し、トイレも駐車場もないのとアクセス困難なので、通常ツアーでは行かない所です。

プルートケイブ［Pluto's Cave］

19万年前の噴火によって溶岩が固まってできた洞窟。古くはネイティブアメリカンの生活の場でありました。周辺は溶岩に覆われた砂漠地帯のような景色が広がります。アクセスは、道沿いの標識を見落とさないようにしないと迷います。

緑が多いシャスタ周辺とは趣が違い、異次元空間の雰囲気があります。現に異次元空間への扉があると言われ、ヒーリング、神秘体験、ビジョン・クエスト（もともと、ネイティブアメリカンインディアンの儀式の名称。スピリチュアルガイダンスを探す目的

プルートケイブの途中のトレイル

プルートケイブの途中の景色

プルートケイブの洞窟入口

プルートケイブの穴から望む空

で、人里離れた場所で、飲まず食わずの数日間を過ごす大人になるための儀式のこと）をする人もいます。

洞窟はアクセスできるのは数マイルですが、遠く数百マイル先のオレゴンまで続いているといわれます。乾燥しほこりっぽいのと駐車スペースが狭く、トイレもないので、ツアーでは行かないことが多いようです。

駐車場の入り口とその先の道も目印がないので、トレイルから外れないように注意が必要です。

ネイティブアメリカンの聖地ですので、先住民を敬い厳粛な気持ちで入ることが大切です。

洞窟に入る場合は、ヘッドライトか懐中電灯を携行、ほこりのつきにくい服装、帽子着用を推奨します。

メディスンレイク［Medicine Lake］

透明な湖。聖なる水とネイティブアメリカンの神聖な癒やしの湖です。

標高は２４１４メートルのため冬は閉ざされますが、他の季節は釣りやキャンプが可能。

積雪状況にもよりますが、7月から10月迄アクセス可能。マクラウドから89号線東へ約27キロ。湖畔一周は約13キロありますので、徒歩で3時間みたほうがいいでしょう。トイレ、ピクニックテーブルあり。

レイクマクラウド［Lake McCloud］

エメラルド色の湖。ライセンスが必要ですが、釣りで人気の湖。（釣り情報→www.dfg.ca.gov/）

釣りのライセンスはマクラウド、シャスタシティで購入ができます。購入には旅券が必要です。

シスンメドウパーク［Sisson Meadow Park］

シャスタダウンタウンから徒歩で行ける公園。遊歩道があり歩きやすいです。途中にベンチもあって、シャスタ山を眺めてゆっくりできる場所です。湿原に澄んだ水が流れています。年中アクセス可能。

ゲートウェイピースガーデン［Gateway Peace Garden］
アメリカ人夫妻が長期間かけて作った手作りのピースガーデン。園内はマナーを守り静かに過ごすこと。開園時間は日の出から日没まで。入園料無料。

スチュワートミネラルスプリングス［Stewart Mineral Springs］
ネイティブアメリカンによって発見された世界有数の癒やし温泉。今は森の中にある設備が整った温泉施設です。入浴は温泉→サウナ→川を3回繰り返すユニークな方法です。バスタブは個室。館内には薪ストーブのドライサウナもありサウナだけの利用も可能。他にマッサージルーム、宿泊施設、ギフトショップも併設されています。入浴料はサウナ込み28ドル＋レンタルタオル１ドル。

ラベンダーファーム［Lavendar Farm］
６月中旬から７月までの期間限定なので事前確認を。有料で摘むことができます。ラベンダー店併設。

ブラックビュート［Black Butte］**（標高1938メートル）**

シャスタ山西に位置する黒い小山は、シャスタ山の半分の高さで別名ベビーシャスタといいます。

マウントシャスタとエネルギー的に陰陽の関係にあるとも言われています。

2　街の魅力

マウントシャスタシティ［Mt. Shasta city］

クリスタルやエンジェルショップ、精神世界の書籍を扱うブックストアが点在し、ヘルシーでオーガニックな食材を扱う店もいくつかあります。

同じくパワースポットで有名なセドナほどは人は多くなく、開発されていないのも魅力です。

フィッシュハッチリー&シスンミュージアム［Fish Hatchery & Sisson Museum］

マスの養殖所とシャスタ市の博物館が隣接しています。公園、駐車場、トイレあり。マ

シャスタシティ中心街商店の花壇

シャスタシティ町並み　本屋

シャスタシティ中心街道路

シャスタシティ装飾品店店頭

スの養殖所は入場無料。コイン式マスのえさ販売機が設置。博物館の入場料は寄付金１ドル。マウントシャスタの歴史やネイティブアメリカンの展示品、ギフトショップ併設もあり、一年中アクセス可能です。

シャスタカスケードのクラフトビール

北カルフォルニアは地ビールブームの源です。テイスティングルーム、レストラン、醸造所が一体となった、シエラネバダ醸造会社の施設があります。

US CA Chico 95928 1075 East 20th Street 1075 E 20th St.Chico, CA

各国の茶葉が揃うティーショップ［Sereni-tea］

店内では世界各地から集めた１６０種類の茶葉を販売。「ヨガティー」や「バランスティー」などヘルシーなお茶が揃います。

319 N Mt Shasta Blvd Mt. Shasta, CA

オーガニックスーパー内イートインの風景

オーガニックのスーパー［berryvale grocery and cafe］

健康志向の強い人たちに人気のオーガニックスーパーマーケット。イートインできるデリコーナーもあります。

305 S.Mt.Shasta Blvd,Mt.Shasta,CA

ストーニーブルックイン［Stoney Brook Inn］

日本人女性、鈴木弘美さんがオーナーのB&B（ベッド&ブレックファースト＝朝食付宿）。

309 W. Colombero Dr. McCloud,California

以上、シャスタの各スポット案内は以下の本を参考にさせていただきました。お勧めレストラン、ショップ、サービス一覧及びシャスタ全般の旅行案内、地図が掲載されています。

「Welcome to マウント・シャスタ　Mount Shasta Handbook」2016/6/6 Miho Nakayama

本書は自主刊行物です。入手希望の方は、Shastamiho@hotmail.com 迄お問い合せください。メールで申込み、本代と送料を指定金融機関口座に振込むと本を送ってくれます。

第二章　シャスタ山のスピリチュアルな魅力

シャスタ山のスピリチュアルな魅力を記す前に、スピリチュアルの意味をおさらいします。

「英語のスピリチュアル（英：spiritual）は、ラテン語の spiritus に由来するキリスト教用語で、霊的であること、霊魂に関するさま」（『日本国語大辞典 第二版』小学館、2003年）。「英語では、宗教的・精神的な物事、教会に関する事柄、または、神の、聖霊の、霊の、魂の、精神の、超自然的な、神聖な、教会の、などを意味する」（『ジーニアス英和辞典 第3版』大修館書店）以上、ウイキペディアフリー百科事典より引用しました。

シャスタ山には、多くのスピリチュアルな魅力がありますが、

1 聖地、パワースポットとしての魅力

2 自然や見えない世界の魅力

の2つに分けてご紹介します。

1 聖地、パワースポットとしての魅力

前述しましたが、昔はシャスタ（Shasta）族、カルーク（Karuk）族、ウィンツ（Wintu）族、クラマス（Klamath）族、ピット（Pit）族、モドック（Modoc）族などのネイティブアメリカンがこの地域の豊かな自然と共存していました。

世界各地の先住民族の聖地は、現代人では衰えた高い感性により、エネルギー状態が高い所を先住民族が祈りの場所に定めているという点が共通しています。日本の神社の多くがパワースポットと呼ばれているのも、そのエネルギー磁場の高さにあります。

シャスタ山は先住民族の聖地でありますが、色々な点で他と違います。

これからご紹介していきますが、様々な要因が重なる場所だからこその色々な変化、変容、気づきなどがあると感じます。

世界七大聖山

それぞれの国や地域で崇拝され、大切に守られています。

・シャスタ山（アメリカ）
・富士山（日本）
・マチュピチュ（ペルー）
・シナイ山（エジプト）
・チョモランマ／英語名エベレスト（ネパール）
・キリマンジャロ（タンザニア・ケニア）
・セドナ（アメリカ）

地球のエネルギーライン、レイライン

私たちの内宇宙と外宇宙は相似形を示し、とても似ています。

人体にエネルギーセンターとしてチャクラがあるように、地球もチャクラがあると考えられます。エネルギーのポイント同士が共鳴し、エネルギーの流れができています。

人体エネルギーの流れを説明しているものに、中国で発達した経絡、気脈、インド哲学のナディなどがあります。

同じように地球も、それぞれのチャクラを結ぶエネルギーの流れがあり、エネルギーグリッド、レイラインなどと色々な呼び方があります。

レイラインを7つのチャクラとして地球を見たとき、様々な見方、捉えられ方がありますが、以下のような説があります。

ルートチャクラ［Root Chakra］

アメリカ、カリフォルニア、シャスタ山［Mt. Shasta］

シャスタ山は北カリフォルニアからオレゴンへ走っているカスケード山脈の一部です。とりわけカナダの国境に接しています。シャスタ山は最も帯電している山のひとつと信じられていますが、エリア全体もエネルギーが行ったり来たりしています。このエリアは母なる地球のエネルギーシステムの根幹であると信じられています。

セイクラルチャクラ［Sacral Chakra］

南アメリカ、ペルー、ボリビア、チチカカ湖

チチカカ・ストーンは母なる地球の太陽神経叢《たいようしんけいそう》の幾何学中心です。マチュピチュ、クス

コとイキトスを取り囲むエリアはとても高いエネルギーを持つと信じられています。

2つのレイラインはチチカカ湖で交差し、これらはシャスタ山からチチカカ湖へ走っている男性性の大きなレイラインと女性性の大きなレイラインを含みます。

ソーラープレグザスチャクラ［Solar Plexus Chakra］

オーストラリア、ノーザンテリトリー、ウルル・カタ・ジュタ国立公園

ウルル・カタ・ジュタ国立公園と呼ばれているエリアは地球の太陽神経叢であると信じられています。これらのエリアは今だに先住民アボリジニーにとって聖なるエリアとみなされています。女性性の大きなレイラインはチチカカ湖とウルル両方ともに繋がっています（ウルルの英語名エアーズ・ロック）。

ハートチャクラ［Heart Chakra］

イギリス、ストーンヘンジ

ストーンヘンジだけではなくグラストンベリー、サマセット、シャフツベリーとドーセッ

トで囲むエリア全てが母なる地球のハートチャクラを形成しています。ストーンヘンジが造られた場所はこれらのエネルギー全ての中で最も強力な地点です。再び、女性性の大きなレイラインはウルル（英語名エアーズロック）をストーンヘンジへつなげています。

スロートチャクラ［ Throat Chakra ］

中東、ギザの大ピラミッド、エルサレム、シナイ山、オリーブ山

母なる地球のスロートチャクラは大ピラミッド、シナイ山、エルサレムにあるオリーブ山を含みます。スロートチャクラは母なる地球の最も高いエネルギーセンターのひとつであり、歴史上の特別な時期にその重要性を示唆しています。それはまた男性性もしくは女性性の大きなレイラインに繋がっていない唯一のエネルギーセンターです。

サードアイチャクラ［ Third Eye Chakra ］

サードアイチャクラは唯一動いています。これは地軸の動きのためです。サードアイチャクラは１５０年から２００年もしくは長い年月ごとに動いています。これらの長い年月はまた星座と並んでいます。２０１２年に私たちが水瓶座時代に移行し、サードアイチャク

ラは現在ストーンヘンジ近くの西ヨーロッパに位置することを意味します。私たちがやぎ座の時代に移行するとき、サードアイチャクラはブラジルへと動くでしょう。

クラウンチャクラ［Crown Chakra］

チベット、カイラス山（ヒマラヤ山脈）

カイラス山はヒマラヤの中で最も聖なる山とみなされていて、チベットに位置しています。ここは母なる地球のクラウンチャクラであり、さそり座の満月と繋がっていると信じられています。

実際、多くの地域でさそり座の満月の夜に、カイラス山のエネルギーが利用されています。それは4月もしくは5月に1年に一度決まって発生します。母なる地球にとってこの満月はさそり座が死や再生の考えと結びついているように、新たな進化の始まりとエネルギーの新たなサイクルを示しています。

これらの7つのチャクラはとても高いエネルギーを持っていますが、惑星の周囲には他にもレイラインが通っているエネルギーの高い地点があります。

これらは以下の場所を含んでいます。

バミューダ・トライアングル
カラチ、パキスタン
魔の海、日本
富士山、日本
マウイ、ハワイ
セドナ、アリゾナ
カルガリー、カナダ
フィンドホーン、スコットランド
キエフ、ウクライナ
バリ、インドネシア
イースター島

アンコールワット、カンボジア
サラワク、ボルネオ島
ガボン、西アフリカ
ケープタウン、南アフリカ
タウポ湖、ニュージーランド

そして私たちがまだ発見していないもっと多くの場所があるかもしれません！
翻訳：Takanobu Kobayashi / PFC-JAPAN Official Group
（※以上ブログ https://ameblo.jp/kin117117/theme-10101108273.html より抜粋引用。
～人類の覚醒は近い～ 2017-02-07
地球の最もパワフルなエネルギー・ポイントとチャクラがある場所）

一方、シャスタ山は地球の第8チャクラにあたるとも言われています。
第8チャクラとは、魂の記憶を司るところです。
シャスタ山とその周辺はパワースポット、エネルギースポットとしても有名です。

ここを訪れるとチャクラが活性化され、魂の古い記憶が湧き上がったり、古い感情が揺さぶられたり、身体が浄化されたり、感覚的なチャンネルが開くことなどもあります。

2　自然や見えない世界の魅力

レムリア大陸・地底都市テロス

シャスタは、古代レムリア大陸が沈んだ場所とも言われます。

山の地底には、地底都市テロスが存在するとも言われ、数々の書籍も出版されています。

あたり一面には、数々のエネルギースポットや、エネルギーが大地から渦を巻いて湧き出ているボルテックス、時空次元を超えたアクセスが可能になると言われるポータル（出入り口）、地球の磁場を結ぶレイラインなどが数多く存在します。

そのため高次元の波動を感じたり、肉体的な浄化が起こったり、今までとは違う感覚が鋭くなったり、感情が湧き上がったり、また人生の転機を迎えたりする人もいます。

第一章でご案内した洞窟、プルートケイブも地底都市と繋がっているという説があります。

ＵＦＯ

シャスタ山の上には、飽きない程色々な形の雲が浮かびます。ＵＦＯ雲と呼ばれる、ＵＦＯに似た形の雲もよく見かけます。単なる偶然と言うにはあまりに多いので、昼間はそのＵＦＯ雲に隠れてＵＦＯが浮かんでいるとまことしやかに語られるのもシャスタらしいところです。

２０１６年私たちのツアー参加者の一人は、シャスタ、ウイードのホテルから早朝散歩中、ＵＦＯに遭遇しました。

２０１７年はツアー参加仲間の一人へ、異星からテレパシー交信があり、ＵＦＯを見ることができました。このエピソードについては後述します。

自然の中の見えない存在

シャスタの森や湖には精霊や妖精が住んでいて、それを見た人がいます。

昔からネイティブアメリカンは、シャスタ山を神として崇拝してきました。

シャスタ山、森、泉、川、湖などでは、聖なる場所であることと、その場を守ってくださる、見えない大いなる存在を感じました。

そしてそれぞれの場所で、私たちツアー参加の仲間には、見えない存在が見えた人、メッセージが入った人もいたので、特別で大切な場所であることを確信しました。

自分を見つめる、本来の自分に出会う場所

エネルギー磁場が高いことと、雄大な自然に迎えられることで、自然に身体、心、魂がもとの自分、本来あるべき自分に戻るようになります。忘れていた本来の自分に出会えたり、封印していた魂の声が聞こえたりすることもあります。

自分自身が神聖な存在であると感じることもあります。

宇宙の大きな流れの中で生かされていることに、感謝することもあります。

大自然の偉大さを体感し、なぜか涙が流れる人もいれば、無性に眠たくなる人もいます。

シャスタの大自然に抱かれると、自分が脱皮していくような感じがすることもあります。

瞑想をしたり、散策をしたり、そこにいるだけで、大きな癒やしが得られます。

感覚が研ぎ澄まされ、感性が高くなり、エネルギーレベルがアップすることもあります。

シャスタの大自然を、ゆっくりと時間をかけて訪れると内なる変容は始まります。

第三章　シャスタ山への旅立ち

「シャスタが気になります」
という舞さんからのメールで、シャスタへの旅が始まりました。
２０１６年５月の後半頃でした。

舞さんと知り合って今年で約９年半になりますが、各地をお祈りの旅で巡る仲間です。過去に舞さんが気になるということは何度かあり、それはその場所から呼ばれていること、見えない存在様からのご要請かと私が勝手に想像し、シャスタも行くべき所と思いました。

お祈りと言っても宗教、宗派とは無関係です。舞さん（チャネリング、テレパシー交信）を通し、見えない存在様のお導きで、聖地、社寺などに行かせていただいております。

シャスタに行くことになったので、シャスタについて調べ始め、第一章、第二章のような情報を集めました。

また、行く方法も検討しました。
（1）日本からのツアーに参加する。
（2）航空券やホテルなど自分で手配し、現地ではそこに詳しい日本人ガイドにセッティングなどを依頼する。
（3）全て自分たちで手配し、現地もレンタカーで回る。
（4）米国在住30年以上で個人旅行も主催する美保子さんに特別ツアーを企画していただく。

以上4つの内（4）の、私たちの祈りの旅を理解し過去にセドナ・ホピツアー、ホピとセドナと米国南西部の旅と二度参加している私たちは、主催者の美保子さんに、シャスタの旅も主催していただけないかと考えました。

そこで美保子さんへ、その旨メールで打診すると、すぐに美保子さんから返信があり、「シャスタには人を案内し何度か行っています」とのこと。
既に美保子さん主催の旅行などの年間計画はたくさんあり、進行中でしたが、9月か10

月なら開催可能とのことで1ヶ月でも早い9月でお願いし、快諾していただきました。

毎年実施のセドナ・ホピツアー（7月下旬頃）は、美保子さんの7人乗りマイカーで行くため、シャスタは同じく7人乗りレンタカーなので、ツアー参加者定員は6人です。

セドナ・ホピツアーは、舞さんと私以外にあと4人の参加者を、2016年6月私が募り、すぐに4人が希望し実施となりました。今回のシャスタは、2016年参加の舞さんと私とまっさんが、2017年1月にツアー企画願いと参加意思を表示し、残り3人は美保子さんのブログで公募となりました。

2016年のシャスタの旅が良かったので、美保子さんのブログでもコアメンバーと表現されている、見えないものが見えるまっさんと、見えない存在様とテレパシー交信で会話ができる舞さんと、幹事役の私が、2年連続美保子さんのツアーでシャスタに行くことになりました。

その他3人は、美保子さんのブログを見て参加されました。

2017年スペシャル企画「聖シャスタ山への祈りの旅」（8月21日〜8月27日　5泊7日）で、呼ばれているシャスタへ行って参りました。

1日目の8月21日（月）は、サンフランシスコ空港レディング出発ロビー集合です。舞さん、まっさん、私の3人は羽田で13時に受付。ユナイテッド航空のチェックインカウンターは提携しているANAと共同運行なのでANA職員が対応。

羽田発15時50分、サンフランシスコ空港には朝9時に着きました。入国審査も税関もスムーズに通り、空港ロビーに10時頃着で、休憩したり空港内博物館コーナーを見学したりしました。外の空気を吸いに空港の建物から出ると、意外と涼しかったです。空港建物内は、シャツ1枚の人からダウン着用者まで様々でした。

レディング出発ロビーに移動し、正午頃にその近くで昼食をとりました。

そして、11ヶ月ぶりに美保子さんと再会しました。

少しして、私と美保子さんが話している所にてるさんが来ました。美保子さんも私もてるさんには初めてお会いしました。ツアー参加の他のお二人（日本人）の内、一人は女性で既にシャスタに着いていて、もう一人は男性で、上海発飛行機のトラブルでその日は飛ばないと美保子さんにメール連絡がありました。

サンフランシスコ空港出発が約2時間遅れて、レディング空港着が15時35分の予定が17時30分着。安定飛行になった際、私はＣＡに断わりを入れ一人で座るてるさんの隣席に、荷物を持って移動し話をしました。

レディング空港で、２日早く到着していたきのこちゃんと、私たち３人とてるさんは初めて会いました。

きのこちゃんは、２０１６年の美保子さん主催セドナ・ホピツアーに参加していて、美保子さんとは面識があります。きのこちゃんは滞米20年以上です。

彼女はシャスタのマクラウドのホテルに宿泊し、明日私たちが向かう予定のキャッスルレイクもハートレイクもレンタカーで２回行ったとのことです。マクラウドの地理にも詳しく大いに助かりました。

上海から参加の男性は明日に着く予定とのメールが美保子さんへ届いたので、今日は美保子さん、舞さん、まっさん、私とてるさん、きのこちゃんの６人です。

舞さん、まっさん、私はシャスタ空港の外で「こちらに来させていただきありがとうございます」と合掌し、ご挨拶をしました。

レディングはサンフランシスコより日差しが強く、とても暑かったです。

レディング空港でレンタカーを借りて、美保子さん運転で18時頃出発。前年は前列2列目着席だったまっさんは、今年は自ら希望し助手席に座りました。車は高地へ向かいます。

なだらかな坂道のシャスタに向かう車中で、とても不思議な出来事がありました。

てるさんと会話するうちに、今回の旅の出発日21日朝、私が地元図書館で借りた本の著者が、てるさんだったということが分かったのです。

ペンネームなので、旅の前にメールで何度か連絡した時には分かりませんでした。

これも偶然の必然と言うのだと思いますが、異国での、旅の初日からとても驚きました。

私が美保子さんを知ったきっかけは、ご著書の「宇宙心」（明窓出版）でした。

てるさんもこの「宇宙心」を読んだのがご縁で、今回のツアーに参加することになったとのことでした。

てるさんの本は「なぜ祈りの力で病気が消えるのか?」(花咲てるみ著　明窓出版)です。

シャスタ、マクラウドの貸別荘到着は20時頃になりました。この時間でも外はまだ薄明るいです。シャスタはレディングより標高が高いので、暑くありません。

美保子さんによると、皆既日食のために飛行機が遅れたりすることがあるそうです。

美保子さんの2017年9月3日のブログ「コスミックハートプロジェクトへようこそ!」より抜粋

「シャスタへ向うサンフランシスコ行き飛行機では、偶然にも皆既日食のライブ中継始まります、という機内アナウンスがあって……西海岸オレゴン州ユージンあたりから、ワイオミング、オクラホマ……とだんだん東へ移動していき、最後にノースカロライナ州で抜けていく日食北米大陸横断ベルトのライブ中継を全部見ながら、サンフランシスコ到着と相成りました!(中略)……かなりの混乱の影響があったみたいですね。(後略)」

荷物を別荘に置いてすぐまた車に乗り込み、マクラウド地域のレストランや食料品店を探しました。

今日は皆既日食で、シャスタには精神世界などに興味のある人が集まっているので、いつもは人がそう多くないシャスタに人が多いそうです。そのために普段は空いている店が混んでいたり、食料品の在庫も少ないと思いました。

食料品店は22時迄営業ということを確認してからレストランを探すと、一軒目に見つかった夫婦で営業しているピザ屋は21時まで営業のはずが、その前に品切れ閉店でした。

次のホテル内のレストランは入店してても挨拶もなし、テーブルセットまで10分待ちとのこと。料理を注文してても1時間以上かかりそうなので、他を探すことにしました。

結局、他のレストランもどこも閉まっていたので、先ほどの食料品店に戻り、在庫少ない中で、各自好みの食品を購入して貸別荘に戻りました。

主に各自持参の食品での調理となりました。最初の夕食のメニューは、そば、ピザなど。急ごしらえの夕食がさまになったのは、参加者の工夫と努力のおかげです。

夕食をとりながら、美保子さん主催ツアーを何で知ったかを織り交ぜて各自自己紹介しました。

舞さんが、約9年2ヶ月前から急にメッセージが入るようになり、見えない存在様と会話できるようになったことを話しました。そして、「今度の旅でもメッセージが入るかもしれませんが、もし抵抗があったら伝えませんので、遠慮なく仰ってください」とてるさんときのこちゃんに言いましたが、「興味ありますので、メッセージが入ったら知らせてください」と自然に受け止めてくれたようです。

ツアー参加者へ、美保子さんから石のプレゼントがありました。

各自で、利き腕と違う手で大きめの袋の中から小さな袋を取り出しました。

石の種類は同じだけれど、色、大きさは全部異なります。今回は袋に3個ずつ入っていました。

私の袋に入っていたのは、次の3個です。

・ラクビーボールを小さくしたような形の手のひらに乗るサイズの「シバリンガム」

茶色でらせん状の模様が入っています。

・2~3センチ位の大きさで乳白色のおにぎりのような形をした「ムーンストーン」

・黒色の親指の先位の「アパッチティア」

石のメッセージが入る舞さんが、「あなたが受け取ってくれたので、石が喜んでいます」と言います。

舞さんは続けてクスクス笑いながら、アパッチティアの石は、「(私の) 固い頭を軟らかくするために来ました」と伝えてくれました。

私も笑いながら、「あれーお見通しですか~おそれいります」の心でした。

各自順番に入浴しますが、一度に2つのシャワーを使うとお湯が出なくなり、再びお湯が出るまで20分位待つ必要があることが分かり、明日以降は夕食前から間隔をあけてシャワーを浴びることにしました。バスタブのみのバスルームはトイレ使用中心に。他にシャワーは2ヶ所あり、内1ヶ所のみトイレとシャワー併設。多分借り手の多くはカップルかファミリーだと思うので、4部屋中大型ダブルベッドの部屋2つ、ツインベッドの部屋2つでも十分足りるのでしょう。私たちのような7人グループで借りるのは例外的なのだと自分なりに解釈しました。

貸別荘は木造二階建てで、芝生の庭は時間により散水システムが稼働していました。

4部屋のベッドルームの他、キッチンとリビング・ダイニングが玄関を入ってすぐにありました。リビングの左奥にキッチンルーム、その横に洗濯室があり、洗濯機と乾燥機が置かれていました。予想では置いていないと思っていたバスタオルや、洗面室とシャワールームには石けんも置いてありました。各部屋の毛布の色が違うこと、ドライフラワーや壁の絵、置物、アンティークなミシンなど、オーナーのセンスの良さが感じられました。キッチンルームに一通りの食器とスプーン、鍋はありましたが、炊飯器はなく、米は鍋で炊きました。包丁は数本ありましたが、切れるものはほとんどありませんでした。

「こちらでは調理しない人が多くて、外食したりスーパーで買った冷凍商品を電子レンジで温める位なので、キッチンがきれいでしょ」と、美保子さんが言われていました。

2日目　8月22日（火）

早朝6時過ぎ出発の散歩の参加者は、まっさんとてるさんの二人だけでした。

私は前日の機内でほとんど眠っていなかったために起床が6時を回ってしまい、お二人の出発に気づきませんでした。

上海からの男性がまだ来ていないので、当初、美保子さんが今日行く予定だった旅の主な目的地であるシャスタ山は翌日にし、ツアー最終日に行く予定だった場所に、今日行くことにしました。

皆で朝食とお昼のおにぎりを作りました。ナッツもビニール袋に小分けして持って行きます。

朝食後、最初の訪問地シャスタシティパークへ水を汲みに行きました。

ここは、マウントシャスタシティの北に位置するマウントシャスタシティパーク（以下シティパークと表記）内にあるサクラメントリバー・ヘッドウオーター。

到着してすぐに、場と水にご挨拶させていただきました。

シティパーク入り口近くにある泉で、人々が持参したペットボトルやポリタンクに水を汲んでいました。

ここで私たちも水を汲もうとしましたが、泉の少し左奥の湧き水の所にいた舞さんが、「こちらに来てください」と言うので移動しました。そこは場のエネルギーも良く、湧き水もこんこんと溢れ出ていました。この湧き水はとても清らかで、ここから川に流れるという大切な場所でもあるので、皆で感謝の祈りを捧げました。ここの泉はエネルギーの良さを感じられる、とても透明感のある水です。そのあと手で水をすくって飲んだり、手を冷やしたりしましたが、雪解け水なのでとても冷たく、味は円やかで美味しかったです。

各自持参のボトルに汲みました。

この水はシャスタ山の雪解け水が湧き上がり、サンフランシスコ湾に流れるサクラメントリバーの源泉です。

地元の人は「聖なる水」として大切に扱い、水を汲みに来る人々が日々後を絶たない所です。ここで天使や妖精を見たと言う人もたくさんいる場所です。

まっさんは、前年も今年もここで妖精さんを見ました。


次に、車でキャッスルレイクに向かいました。

前年の美保子さんのツアーより現地日程を1日増やしたので、前年に行かなかったキャッスルレイクと、ハートレイクの2つの湖にも行くことができました。

キャッスルレイクに着いて、まず「湖に来させていただきありがとうございます」と、この場と見えない存在様含めて全てにご挨拶させていただきました。

ここキャッスルレイクは、氷河が山を削り湖になった所です。湖面に注ぐ光は湖面を飛び交い、反射し合ってキラキラと輝いています。まるで妖精が光の粒子を降り注ぎながら遊んでいるかのようです。少し歩くと、湖の浅瀬にある石の上で、小さな白い蛇が私たちを迎えてくれるように頭をもたげ、「よく来てくださいましたね」と歓迎の挨拶してくれているようでした。舞さんにも同じようなメッセージが入ったそうです。蛇の後には水鳥が突然近寄ってきました。同様に歓迎されたように感じました。

ここは人はそう多くないですが、ボートや水泳、釣りなどで楽しむ人々もいました。


次は、キャッスルレイクからハートレイクに向かいます。

私たちは丘の向こうの次の目的地、ハートレイクにまできのこちゃん先導でハイキング登山を開始しました。昨日、一昨日と既に2日連続で訪れているきのこちゃんとガイドの美保子さんを先頭に、ハイキングロードを汗をかきながら登りました。

美保子さんが「汗をかいた分いい景色が見えますよ」と言われ、ときどき休憩しつつ周りの景色を眺めながら歩きました。

1時間あまりすると、ハート型の湖が見えてきました。

「やっと着いた」「ハートレイクが見えた！」皆で感激しました。

キャッスルレイクとハートレイクとが一緒に見える所もあって絶景です。

シャスタ山も遠くに見えます。

舞さんが、「あっちに行ってみたい」と岩のある小さな丘を指さし、全員そこに向かいました。

この丘で休憩し、少し遠くに見えるキャッスルレイクやすぐ下のハートレイク、シャスタ山や周りの山々の景色を眺めたり写真を撮ったりしました。エネルギー状態の良さを体感し景色に感動したため、自然と合掌し感謝しました。

ハートレイクの先には、やはりハート型の、もっと小さな池がありました。

本来のハートレイクを見て、「なぜハート型ができたのですか?」とてるさん。

美保子さんが「その質問は重要です」と答えます。

「ハートは胸?」「ハートレイクの横の小さなハートの池も大切ですね」などとおしゃべりしました。

遠くの山々を見ていた舞さんに、「私の方も見てください。私に気づいてください」とどなたかからお言葉が入りました。

舞さんが周りの山々を見回して、「お言葉はあの小さな山からだと思います」と指さします。そして、

「あの小さな山が『よく気づいてくれましたね。ありがとう』と言ってくれました」

「あの丘のような山の裾野がハートのくぼみを作り、ハート型が形成されたようです」

「あの山がハートレイクを作り守っているのですね」「あとで登ってから帰りましょう」

と言いました。

皆その説明に納得し、感激！　あらためてこちらに来させていただいたことに感謝しました。


舞さんが「あそこ見て！　エネルギーが見える」と、下の方の木立を示しました。「煙のようにエネルギーが見えるわ。あそこに行きましょう」とそこに向かうことにしました。

移動中、数人がハートトレイクを過ぎると、後ろを歩いていた舞さんが、「待ってください。ハートトレイクの水に手をつけたいので戻ってください」と呼びかけたのに応じ、先行して歩いていた数人も戻り、皆で手や持参している石を、ハートトレイクの水につけました。

その後、舞さんによると「ハートトレイクを一周してくださいとメッセージがありました」とのことで、皆ハートトレイクの湖面近くを時計回りに歩き出しました。

途中、岩の多い場所にさしかかったとき、「ここで昼食にしていいです」と舞さんにメッセージが入りました。丁度昼食するにいい時間なので、それぞれ座りやすい岩に腰を下ろし、朝手作りしたおにぎりとナッツのランチタイムにしました。

そこから見るハートトレイクは、ハートを真正面から少し斜めに見る位置になります。

食事後、湖面をしばらく眺めていると、まっさんが水の妖精を見つけた模様でした。そして「見て！　湖面の波形が色々変化する。横、縦、斜めとまるで私たちに見せてくれているようだね」と言います。皆もしばし、まるで舞台芸術の踊りを見るかのように見とれていました。湖面の複数の箇所からエネルギーが湧き上がるようで、風の影響とは明らかに違う水の動きが波になり、右から左から、斜めからと押し寄せています。それらの動きや光の反射などを全員で確認しつつ見つめました。

キャッスルレイク以上に光は湖面を飛び交い、反射し合い、たくさん降り注ぐ光の粒子はまるで踊っているようです。

一同、声をあげずにはおられませんでした。「わー」「すごい！」「きれい！」「こんなの見たことない！」「美しい！」「まるで宇宙！」「素晴らしいハーモニー！」「ありがとう！」「感謝です！」「感動、感激！」「ここまで来て、本当に良かった！」「来させていただき感謝です！」「最高！」

素晴らしい光景を見た後、湖をもう半周し、一回りしました。

そして、舞さんに先ほどメッセージが入った小さな山の上に、皆で登りました。

その頂には、ハート型の花壇がありました。

舞さんが言います。「この小さな山のお方でしょうか。お言葉が入りました。『登ってきていただき嬉しいです。皆さんハート型の花壇に順番に立ってください』」

全員で順番に指定された場所に立ち、「エネルギーを受けさせていただきます」と念じてから、エネルギーを受けました。その後、感謝のお祈りをしました。

そして、きのこちゃん先導で登った時とは別の道なき道を下りました。登った時より近い道で、下の方でもと来た道に合流し、キャッスルレイクに戻りました。

キャッスルレイクから、今朝最初に行ったシティパークに到着しました。

前年にシティパークを訪れたときは、空に彩雲が見えました。その彩雲は、それまで見たことがないような美しい色で、緑、青、黄、紫、オレンジ、ピンク、そしてゴールドに輝いていました。散策中、雲の形が変わるのを、長い時間、皆で驚きつつ見とれていました。

昨日、機体のトラブルで出発が順延になった男性を乗せた飛行機は、順調に運行していると、美保子さんへ連絡がありました。サンフランシスコ経由でレディング空港に到着しているとのメールでした。

美保子さんが、レディング空港へ迎えに行く予定でしたが、急遽きのこちゃんが行くことになりました。

2日前に到着しているので地理も分かり、長年のアメリカ滞在で運転にも慣れていて、スマホで美保子さんと連絡できるということから、お迎え役を交代したのです。


シティパークに残る私たち5名は、園内を散策し、前回も歩いた懐かしい小道を辿りました。前回の前年9月に熟していたプラムはまだ青く、その先にあったリンゴも青かったです。落ちていたリンゴを拾おうとしたときに、木の周りに棘のある植物があって、舞さんと私はその棘に手を刺されてチクッと痛みが走りました。

そのまま歩き、幹がベンチのように横に伸びて途中から上に立ち上がっている木に皆で腰掛けて、写真を撮りました。この木の側で寝袋で青年が寝ていました。が、エネルギーの心地良さから眠くなるのは自然の成り行きでしょうか。

更に歩くと別の巨木が立っており、私たちはその木を囲んで手を繋いでみましたが、幹の太さに感激しました。その後、木にもたれて休憩したり、瞑想をしたり、目を閉じて気を感じたりしました。

シティパークには、今朝、水を汲んだ源泉から流れる小川があります。所々で小川の側を通り、サンダル履きの美保子さんはその度に小川に入ります。自然流の美保子さんらしいです。

美保子さんが何度かそれを繰り返しているうちに、橋の近くに少し開けた所に流れている小川に木が倒れ、自然のベンチのようになっている所に辿り着きました。

そこで美保子さんは、やはり小川に入りました。それにつられて私とまっさんも靴を脱いで素足で小川に入り、続いて舞さん、てるさんも小川に入りました。

雪解け水なので夏でも冷たかったです。5秒も水につかっていると、かき氷を食べた後のように頭がキンキンに感じ、足も痛くなるのですぐに上がります。前述の自然のベンチに腰掛けて足を空中でぶらつかせておくと、足がぽかぽかしてきます。また川に入る。5秒程するとまた足が痛くなる。川から出る。足がぽかぽかしてくる。また川に入るという行為を6回程繰り返すと、足と体が冷たさに順応するようになります。小川に入ること7

回目は10秒以上、川にいても大丈夫になりました。8回目は30秒以上でも平気になりました。今日はここまでとし、足を拭いて靴を履きました。

この場所、泉から流れる川などのエネルギーの効果でしょうか。私と舞さんは短時間で先ほど棘に刺された痛みも傷跡もなく、不思議に指の皮膚が修復されていました。

シティパークの源泉の水の冷たさ、美味しさ（36ページで既述）。そこから流れる小川の透明感と、小川に足をつける美保子さんにつられ、前年は9月下旬だったために入ろうとしなかった私もトライすると、最初の痛みがなくなり、その快感から癖になりました。

その後、園内のエネルギーがいいのと中心街から近いというのが魅力でもあるシティパークに、泉の水を汲みに、散歩に、足を小川につけにと、滞在中に数回訪れることになりました。

園内を一通り回って、芝生のある中央付近に戻りました。

既に19時なので、美保子さんが「このまま、きのこちゃんと男性を待つより、市の中心街で買い物した方がいい」とスマホで配車アプリの「ウーバー」を使い始めました。

舞さん、てるさんと私は芝生に寝転がり空を眺め、まっさんは泉に水を汲みに行きました。しばらくして、美保子さんが「手配できる車はないです」と伝えてくれました。

美保子さんが、車でシティパークに来ていた、友達として鷹を連れ歩いている白人のおじさんと話しました。その鷹は、白人のおじさんが他の人と長く話すと、やきもちをやいているような態度を取るそうです。その後、私は、「ヒッチハイクしたらいいのでは」と提案しました。

7人以上乗れる手頃な車を探そうと、泉付近なら車で来ている人が多いので、そちらに行ってみようと皆で移動し始めました。すると、バンに乗った品の良いおじさんと、その奥さんらしい白人のカップルがいました。美保子さんが私に、行って交渉したら、と目で合図します。

私は「男性より女性の方が乗せてくれる確率高いです」と言い、まず、てるさんと美保子さんがそのお二人と話し始めました。舞さんも一緒です。

まっさんと私は、少し離れた芝生で待機しました。

女性達の話がスムーズに行っている様子だったので、私もその会話の輪に近づきました。すると、ご夫妻と既知の間柄らしい手製尺八を持った白人のおじさんが、片言の日本語も交えて私たちに話しかけてきました。少し分かりにくい英語でもプロの同時通訳者でもある美保子さんが通訳してくれるので助かります。そのおじさんは尺八の先生で、車の持ち主のご夫妻は前にインドに7年住み、今はシャスタに3年滞在とのこと。尺八の先生曰く「彼は悟りを開いた人」とのこと。話はとんとん拍子に進み、最初女性の美保子さん、てるさん、舞さんを市の中心街まで車で送ることを承諾していただけました。まっさんと私は後でとなっていたのが、荷台で良ければということで同乗できることになりました。奥様と尺八の先生はシティパークに残り、私たちを送った後また迎えに戻ることにしてくださったのです。

車中の会話によると、ご主人は本を数冊出版している方で、ご夫妻は日本文化の造詣が深いそう。今年の秋は高野山や京都、奈良に行き、日本のお茶の先生などに会ったり、お寺巡りをしに行く予定とのこと。また、もっと学んで自分を高めたいとのことです。

シャスタシティ中心街にあるスーパーの駐車場まで送っていただきましたが、別れ際「皆さんとお会いできたこととお役に立てたことを嬉しく思います」とおっしゃいました。正に悟った方のお言葉であると、私たち一同納得し感謝の意を告げ、握手してお別れしました。舞さんはじめ私も握手した手の感触に、「なんて柔らかく温かい手のひらでしょう」と感激しました。

スーパーマーケットで、レディング空港から来たきのこちゃんと、上海から参加の日本人男性と合流しました。名前だけの自己紹介をして、男性は「サンジー」と呼んでくださいと言っていました。

スーパーでは、別荘に滞在中に使用する食材と、今日は丁度サンジーの誕生日ということでケーキを購入しました。手押し車を率先して押してくれたサンジーと私は、少し話しました。

サンジーは、「アメリカはグアムしか行ったことがなく、本土は初めてで、(中国とは)商品が違いますね」と感心し、スマホで商品棚を撮影していました。

買い物が終わり、貸別荘に車で戻りました。

キッチンのスペースの関係もあり、夕食の支度は、慣れている女性たちにお任せしました。

夕食の支度チームに加わらなかった私は、サンジーに別荘内を案内しました。

その間、まっさんは、サンジーの誕生祝いの歌と踊りの準備に集中していました。

やがて夕食の準備も整い、乾杯の後、サンジー以外は二度目、サンジーは初めての自己紹介をしました。舞さんがサンジーに「サンジーより、さんちゃんの方が言いやすいので、さんちゃんと呼んでいいですか?」と聞き、「いいですよ」と答えがあってから、皆でさんちゃんと呼ぶことにしました。

初めて会った人達ですが、なぜか違和感なく打ち解けることができました。

舞さんが、約9年余り前から急にメッセージが入るようになり、見えない存在と会話ができるようになったことをさんちゃんに話し、「メッセージが入ったらお伝えしていいですか」と聞くと、「見えない世界には興味がありますので大丈夫です」と、自然に受け止めてくれました。

さんちゃんの誕生祝いの歌と踊りをまっさんを中心に披露しました。このときの踊りはまっさん創作、曲は昔のテレビCMで、ほとんどまっさんが一人で歌って踊り、他の人はまねて踊っていました。

後で聞いたところでは、さんちゃんは、まっさんの歌と踊りを、あっけにとられて見ていたとのことです。

さんちゃんにとって誕生祝いの宴は、北米上陸初日の夜のサプライズでした。

3日目　8月23日（水）

朝5時45分出発の早朝散歩参加者は、まっさん、てるさん、舞さん、さんちゃん、私の5人です。夜明け前なので暗く、他の別荘にいる人は少なくて、人はおろか、車もほとんど通りません。別荘前や通り道からシャスタ山が望めます。人も車も入ってこない廃線跡地まで散策し、朝の清々しい空気を吸って、7時近くの朝陽を拝んだ後、帰荘しました。

別荘で手作りの朝食をとった後、まっさんが海外で初めて運転し、シティパークでボトルに湧き水を汲んでから、シャスタ山に向かいました。

山に向かう道は最初、前年同様少し迷いましたが、その後は順調に山道を登りました。

途中バーニーフラットで少し休憩し、美保子さんが言う、色々な国から来ている混成ツアーの団体が車を降りた頃、私たちは車に乗って山道を登って行きました。

次は、前年は行かなかった、お花畑と泉のある場所に到着。シャスタ山の中腹（2316メートル）付近に位置するパンサーメドウズです。パンサーメドウズへの入り口は、山に向かって、駐車場のすぐ横にあるピクニックテーブルの右手奥。ネイティブアメリカンの歴史などが写真付きで掲示されており、頂上に向かうトレイルが続きます。

入り口で「この地に入らせていただきます」とご挨拶し一礼しました。

舞さんを通して、「ようこそ」と見えない存在様からお言葉をいただきました。

美保子さんの案内でお花畑を歩き、泉に向かいました。ここは毎年山開きの時期（6月下旬～7月中旬）に、ネイティブアメリカンの代表が集い儀式を行う神聖な場所です。

トレイルを進むと途中、巨岩があり、舞さんがそのへこみにある水が虹色に輝いている事に注目しました。美保子さんが「今年チェコで参加した魔女ツアーのとき、ガイドが『大きな石にある水は他の石との交信で重要な役割を果たすそうです』と言っていました」と知らせてくれました。

舞さんに「（巨石から）気づいてくれてありがとう」とメッセージがありました。

皆、虹色に輝く光とメッセージに感心し、目的地の神聖な湧き水へ向かいました。

湧き水の周囲はロープが張り巡らされていますが、若い白人カップルがそこでボトルに水を汲んでいました。

湧き水周辺にいる他の人々は瞑想したり、静かに座っていたり、何か文章を書いたり、思い思いに石などに座って静かなときを過ごしていました。

私たちは合掌して、ここに入らせていただいたことに感謝しご挨拶しました。

トレイル行き止まりの案内板前まで歩いて、適当な場所に皆で腰を下ろしました。

舞さん、まっさん、私の3人は素足になり、大地の感触を感じながらお花畑や周りの風景を眺め穏やかな一時を過ごしました。エネルギー状態がいいので、いつまでもいたい感じです。

その近くに座る短パン姿の高齢白人男性が「昔、東京に住んでいました。井の頭公園を知っていますか。あそこの湧き水も同じです」と日本語で私たちに話かけてきました。

しばらくして舞さんの呼びかけで湧き水にご挨拶して、もと来た道を戻りました。

帰路、お花のある小川の畔に、蝶々が飛んでいるのに気づきました。

私たちに挨拶するような感じで近づいては留まり、飛んで離れて留まるを繰り返します。

私が撮影しようとカメラを向けると、しばらくとまって羽をつぼめたり開いたりしていました。開いたところを撮影しようとすると羽をつぼめるのでシャッターチャンスがなかなかありませんでした。その後しばらく羽を広げてくれたので撮影できました。

蝶は、後から来た美保子さんたちを待ってからどこかへ飛び去りました。

舞さんと私たちの旅では、こういうことはよくあります。

トレイルでは、日本人のカップルやグループともすれ違いました。

シャスタ山は前年は行かなかったお花畑と泉の居心地の良さで最高な所でした。きれいな花、草木、小川、蝶々、鳥、風、光、シャスタの頂を目の前に眺められる所です。私たちの仲間の一人は「正に桃源郷。天国は多分こういう所なのでしょうね」と言いましたが、その通りだと思いました。

お花畑を後にして車に乗って少し行くと、シャスタ山の最も高い所の駐車場に辿り着きました。アッパーパンサーメドウズ［Upper Panther Meadows］オールドスキーボウル［Old Ski Bowl］（2377メートル）アッパーパーキングロット［Upper Parking lot］駐車場に車を駐めました。

私たちはシャスタ山に向かって「こちらに来させていただきありがとうございます。この地に入らせていただきます」とご挨拶しました。

舞さんに「シャスタの自然を感じ周りの景色を楽しんだり、大地のエネルギーを感じてください。地球と宇宙を意識したり、瞑想したりして、自由に過ごしてください」とメッセージが入りました（シャスタ山をお守りされている見えない存在様のようです）。

美保子さんが、持参の植物のセイジを燃やし、「私のやり方で浄化させてくださいね」と伝え、一人ずつ煙で浄化してくださいました。

舞さんの番になったとき、美保子さんは「舞さんは浄化の必要はなさそうですね」と話し、舞さんに「私もこれで浄化してください」と、セイジを渡しました。舞さんが美保子さんを、セイジで浄化しようとしたところ、「美保子さんも浄化の必要はないです」と同じように言いました。

その後、約1時間ほど、各自で自由行動としました。他の人はほどんどいません。

私と舞さんは、前年行った大きな石を探しましたが、見当たりませんでした。前年から11ヶ月の間、積雪や風雨で自然が変化し、どれか分らなくなったのだと思います。舞さんと別れて適当な石を見つけ、前年同様しばらくその上で昼寝した後、また舞さんと周辺を散策しました。シャスタ山の頂に向かう入り口から少し歩いた場所も眺め、良いエネルギーをいっぱい受けさせていただきました。シャスタ山は、万年雪をいただき、神々しく、優しく感じました。山の頂を間近に見て、澄んだエネルギーを身体いっぱいに受けてとても気持ちがいいです。強くも弱くもない風は肌に優しく、心身が洗われるようです。太陽も燦々《さんさん》と降り注ぎますが、刺すような強さはなく、心地良いです。

シャスタ山にかかる雲は、色々な形に変化するので、いつまで見ていても飽きません。様々な大きさや龍のような形の雲、円盤状のＵＦＯ雲、あまり見たことのない、四角い箱のような雲など色々見て楽しみました。青い空と白い雲、光のコントラストが実にいいです。ここのきめの細かい、感じのいいエネルギーに包まれました。

シャスタ山と周りの風景、風、空気、光、空、雲は、最高に素晴らしいです。

自由時間の１時間が過ぎ、集合場所まで降りました。

そこで美保子さんに「水の音が聞こえる所があるので、行ってみるといいですよ」と言われたので、舞さんと私が行くと、後からまっさんも追いかけてきました。水の音がして、更に近づくと荒涼とした山肌の石の間から水が出ていました。その流れに合掌し、水を飲むと美味しい味がしました。雪解け水が地表に出て小川を形成し、途中まで地表を流れ、また地面に入って行く場所でした。岩だけの場所に泉があったのには驚きました。

前年は気づかなかった小川に合掌し、皆の待つ場所まで戻りました。皆でピクニックベンチのある所まで下り、シャスタ山に感謝しお別れのご挨拶をしました。


もと来た道を車で下り、バーニーフラットを過ぎた頃、きのこちゃんが車のバックドアが開いていることに気づき、停車して閉めました。後から来る車がないのでクラクションなどで知らされることもなく、私たちも前を向いていて警告ブザーも鳴らないので、気づきませんでした。のちに、運転席からでもバックドアが閉められることを、同乗者一同、知りました。車種によって色々だなと思いました。まして米国製は。


それから、シャスタシティ中心街にある、オーガニックのスーパーマーケット、ベリアブル・ブロサリー・アンド・カフェ［berryvale grocery and cafe］で駐車しました。

記憶が蘇り懐かしく感じました。

前年も何度か利用し、イートインもあり総菜を量り売りする食品スーパーです。滞米歴20年以上のきのこちゃんの提案で皆の分をまとめて購入し、イートインスペースで食べることにしました。各自で買うより、グッドアイディア。午後3時過ぎと遅い昼食でしたが、それぞれの好みと量に合わせられて、皆満足した様子でした。

次に、またシティパークに向かいました。


朝は水を汲むだけでしたが、今回は昨日に続き園内を散策しました。

一日遅れでシャスタに着いたさんちゃんは、園内散策は初めてです。お目当ての癒やされる木の一本目は、ベンチのように横たわった先から上に伸びる木です。その先を行くと、より大きな癒やされる木に辿り着きます。昨日と同じく全員でしばらく瞑想したり、休憩をしました。


その後は、昨日私が好きになった小川に行き、何度か繰り返し素足で入りました。

昨日は8回この小川に入りましたが、今日は12回、水に入ったり出たりを繰り返しました。昨日と同じで、6回か7回を越えると長く入っても苦にならなくなります。最初は我慢できるのが5秒位だったのが、最後は2、3分以上入っていられるようになります。

夕食のサラダにしたいから水草のクレソンを採ってと言う女性陣の声に応じて、いくつか採取しました。

貸別荘に帰り夕食の支度をし、皆で夕食を済ませた後、色々お話ししました。

まっさんが、前年ＵＦＯに遭遇した話をしているとき、どなたかから舞さんへメッセージが入ってきました。

舞さんが「いつもとは違う周波数で入ってくる感覚です」と言います。

「いつもはスーッと入るのですが、今回は繋がりそうで繋がらず、少し頭が痛くなったので、一旦交信をやめます」

今までは、ある場をお守りする見えない存在様、石、動物、森や樹木、水の精霊、妖精、霊界、天界からでした。しかし今回は、異星からのメッセージのようでした。

今回のツアー仲間は、見えない世界に理解ある人達なので、舞さんのメッセージを素直に受け止めているようでした。

少し間を置いて、「またメッセージが入ってきました。今度は繋がりそうです」と、舞さんに入ったメッセージが、まっさんへ伝えられました。

「（昨年のように）怖がらないでください」

まっさんが「はい」と素直にうなずきます。

次に、美保子さんへ舞さんを通して異星からのメッセージが伝えられました。

「私たちの思いを分かってくれる、個体がいることは大変嬉しいことです」

舞さんに『個体＝One body』と入ってきたそうです。

美保子さんと他の人達は静かに聞いていました。

皆、「『個体＝One body』う〜ん、地球上の人間の言う言葉と違う」と納得した様子でした。

舞さん「私は『個体＝One body』」という言葉は頭にありませんでしたから、自分で作ったメッセージでないことが理解できます」


テレパシー交信後、しばらく私たちが話していると、また舞さんへ異星のお方からメッセージが入りました。

「今から外へ出て、夜空を見ませんか」と言っています。

「行こう」「行きましょう」と、外は冷えるので上着を着て、皆が喜んで外に出ようとしたときに、舞さんが
「ＵＦＯが見えるとは言われていませんよ」と言いました。

それでも皆はＵＦＯが見えるのを期待して、外へ出ました。

既に深夜なので、外は誰も歩いておらず、車も走っていませんでした。

別荘前の道路で皆が空を見上げました。

沢山の星が輝いていました。

舞さんに「東の空です」とメッセージが入りました。皆で「東はどっちかな」と言いながら空を見上げていると、誰かが、「別荘の方が東です」と言いました。

舞さんが「(別荘の)屋根の左側斜め上の星を見てください」と言い、皆でその方向を見上げました。

すると、一つの星が他の星とは違う輝きをしていました。その星は、ピカピカと点滅するように輝き、赤、青、ピンク、緑と色を変えました。

やがて、その星は不規則に動き、そして徐々に上がっていきました。

誰ともなく「あれはUFOだ!」と叫び、しばらく私たちはその星を見つめていました。

メッセージがなければ、星のひとつと見間違うような未確認飛行物体、つまりUFOを7人全員で確認した出来事でした。

しばらく星空を見上げていると、また舞さんへメッセージ入りました。

「分かっていただけましたか」

その後、北斗七星を見つけ、「きれいだね」と眺めていると、美保子さんが「私たちも北斗七星なのですよ」と言いました。

そして、舞さんへメッセージが入りました。

「皆で北斗七星の形に並んでください」

舞さんが、「○○さんは一番目のここです、○○さんは2番目のそこです」と立つ位置を指さし、7人が北斗七星の形に並びました。

その間、また舞さんにメッセージが入りました。

「道路に立つ人は車に気をつけるように」

続いて、「一人ずつ北斗七星の星になったつもりになってください」

その後、「皆さん踊ってください。自由に踊ってください」というメッセージが入り、皆で驚きながらも、深夜なので声は出さずに、それぞれ自由に踊りました。

踊っている内に次第に楽しくなってきて、皆笑顔で、自己流のディスコダンス、フラダンス、盆踊りなど、ノリノリになっていました。

皆でしばらく夜空を見上げてから、午前0時を過ぎたので別荘に戻りました。

舞さんへ「これからもコンタクトしてもいいですか」とメッセージが入りましたが、「少し考えさせてください」と答えたそうです。

今夜は全員でＵＦＯを確認でき、とてもワクワクした気分の貴重で素晴らしい経験になりました。

4日目　8月24日（木）

朝５時45分出発早朝散歩は、舞さんと私の２人だけでした。

昨日と違う方向の道を歩き、教会、図書館、学校の運動場まで行き、またもとの道に戻り、別荘に近い交差点から今度は昨日行った廃線跡地に向かい、朝陽を拝みました。

ある男性が三脚を立てて写真撮影をしていた場所へ行くと、シャスタ山が、周りの木や建物に遮られることなく、全体がよく見えるいい場所でした。

別荘で手作りの朝食をいただいた後、さんちゃんの運転で今日の目的地、マクラウドの滝へ向かいます。

まず最初は、マクラウド滝の下流であるロウアーフォールズの駐車場に到着しました。すぐ近くにロウアーフォールズが見えます。

皆で滝にご挨拶した後、（この場をお守りする見えない存在様から）舞さんにメッセージが入りました。

「自然を楽しんでください」

「去年来た人も新しい人も歓迎です」

「遠い所からよくきてくれましたね」

ロウアーフォールズ、ミドルフォールズ、アッパーフォールズには、それぞれ見所があります。まずロウアーフォールズを散策し、ゆるやかな登り道を上がって行きました。

途中、キャンプ場や先住民族、歴史に関する掲示板があり、時々川が見える遊歩道を、登ります。

美しい緑や岩などを見ながら遊歩道を歩きます。ときどき吹く川風がとても心地良いです。

途中の案内標識の距離よりだいぶ歩いた印象でしたが、やっとミドルフォールズに到着しました。

標識では0・5マイルと書かれていましたが、美保子さんの話では本当は1・5マイルが正しいとのことです。誰かいたずら書きしたようでした。

ミドルフォールズが見える所にある、倒れている巨木の上で、前年同様に美保子さんが得意なヨガの開脚ポーズをとりました。美保子さんは人を案内しながらも、自分も楽しむ自然体の方です。

舞さん、まっさん、私はその巨木から下方の川縁で大小の石のある所に降り、3人で滝にご挨拶しました。舞さんへメッセージが入りました。

「遠い所からようこそ。来てくれてありがとう」

私たちは、舞さんに促されて美保子さんからプレゼントされた石や持参した石を川につけました。ここで美保子さんは、ロウアーフォールズの駐車場まで下り、車に乗ってアッパーフォールズまで移動して私たちと合流することにしたので一時、私たちと別れました。

私たち6人は、ミドルフォールズからアッパーフォールズに向かう登り道を歩いていきました。

ロウアーフォールズからミドルフォールズまでより、ミドルフォールズからアッパーフォールズまでの方が距離は短いですが、急な坂道が多くなります。所々にショートカットできる急斜面も登りながら、アッパーフォールズに到着し、写真撮影しながら美保子さんの到着を待ちました。美保子さんが到着した時、タイミング良くピクニックテーブルが空いたので、松の葉っぱでテーブルと椅子を掃いてから座り、ランチを摂りました。

ランチ後、アッパーフォールズの奥にある目的地のもっと奥まで行きました。そこはダムのように水をせき止めた場所でした。

そのとき急に風が吹いてきて、木々がざわざわ揺れました。

川をせき止めたコンクリート壁の上を、まっさんが先端まで歩き、水流を眺めていたので、他の仲間も行ってみました。

水鳥がまるで水先案内人、いや案内鳥のように、歓迎のポーズをとってくれました。美しい羽根を持った水鳥に一同感激しました。

その後、来た道を戻って、目的地の小川の川縁に到着しました。

「去年と同じく、沢山の水や森の妖精さんが迎えてくれました」と、見えないものが見えるまっさんとメッセージが入る舞さんからのお知らせがありました。

他の5人は、妖精さんがいるだろうと想像しながら、川面の光の輝きを眺めていました。

水と森の妖精さんは、今年も私たちを大歓迎してくださいました。

私たちには、きらきらとした川の光が多くなったように見える程度ですが、まっさんによると、沢山の妖精さんが踊っているそうです。

舞さんへは「また来てくれましたね。新しい方も来てくれてありがとう。一緒に踊ろうよ」と幼い子供のような声で話してくれました。

「代表の妖精さんが話しかけています」と舞さん。

私たち7人は、妖精さんの希望通り皆で踊りました。

妖精さんは純粋、無邪気で陽気な性格なので、楽しいことがとても好きなようです。

「妖精さんも一緒に踊っています」とまっさんが言い、

「妖精さんも喜んでいます」と舞さんが言います。

しばらく7人で踊って、また川に入ったり、持参した石を川につけたり、あたりを見たりと思い思いに楽しみました。水は冷たいですが、シティパークよりは少し温度が高い感じです。

男性で一番若いさんちゃんは水着に着替え、小川に体を沈めました。

「シティパークの小川（3度位）より5度位水温高いけどやっぱり冷たい」と言いながら、全身を小川につけましたが、「冷たい、流れも速い」とすぐに体を起こし、川から上がりました。しばらくして、また舞さんへ妖精さんから「私たちが見える人と川に入った人、2人で踊って」との言葉がありました。

それを受けて、まっさんとさんちゃんは、それぞれ自由に自分流にリズミカルに踊り始めます。

舞さんが「（2人の踊りを）沢山の妖精さんが喜んで見ています」と知らせてくれました。。

そろそろ移動時間となり、皆で妖精さんにお別れするとき、妖精さんが「両手を上げて大きく手を振って」と言っていると知らされ、皆両手を上げて大きくバイバイの動作をして別れを告げました。

また来た道を戻り、駐車場近くの小川でも挨拶すると、舞さんが「妖精さんが上流のように踊ってと言っています。他の場所であったこともすぐ伝わるのですね。ここでまた踊りましょう」と言います。タイミング良く、他の人もいないので、皆でまた踊りました。

まっさんが「妖精さんも喜んで踊っています」と言い、舞さんも「水や森の沢山の妖精さんが喜んでいます」と言います。

それから、上流と同じように両手で大きくバイバイと手を振り、妖精さん達とマクラウド滝と川にお礼を言ってお別れしました。


舞さんが「先ほど洞窟の見えない存在のお方から3時に来てくださいとのことでしたが、間に合いません」とメッセージをくれた見えない存在のお方へ返事をしました。

「遅くなりましたが、洞窟に行きましょう」と、皆で車に乗り、さんちゃんの運転でプルート・ケーブ（洞窟）に向かいました。


前年はプルート・ケーブに車で行くまで時間がかかりましたが、広い道路から小道に入ると、途中で大型トラックが道を塞いでいました。美保子さんが、運転席の男性に話しかけると、「すまないが、車が故障したので連絡して（故障修理かレッカー車か？）待っているところ」と話していました。

小道を引き返し、広い道路に戻り、別の小道からプルート・ケーブに向かうトレイル入り口に辿り着きました。すでに午後5時頃です。

美保子さんが「さっきの車は、『洞窟はこちらからではないよ』と教えてくれたようなもので、ここから入るのが正解でした」と言いました。

既に車が2台、トレイル入り口の横に駐めてありました。

私たちは車を降り、各自持参したヘッドライトや、ヤッケなどを着用してトレイルに入ろうとしました。

すると舞さんに、「まだ入らないでください。しばらくお待ちください」と、この場をお守りされている見えない存在のお方からメッセージが入りました。

皆でセイジや他の植物を見たりなどして時間を過ごしていると、しばらくして、舞さんから「入って来ていいそうです。入るのは順番があるそうで、まず最初に若い男性、次が年長の男性、次が……」と伝えられました。その順に、私たちは入り口手前で並びました。

「見えないけれど、ここが入り口の門です。……今、見えない扉が開かれましたので、順番にお辞儀して、ご挨拶してお入りください」と舞さん。

順番にご挨拶して、見えない門から入り、岩場をぬってトレイルを進みました。

5時15分頃、先頭のさんちゃんは、初めて来た所なのに、いい道を選んで進みました。

洞窟近くの情景は前年と変わらず、記憶が呼び起こされました。

プルート・ケーブの入り口前に到着。

ここで「ここからは私が先頭で入ってくださいとのことです。私以外は順番自由です」と舞さん。「先住民族の方へ思いをよせて、ここでご挨拶してから進んでください」

皆一礼し、舞さんに続いて斜面を降り、最初の洞窟の入り口に到着しました。

前年より洞窟壁面の落書きが増えていてがっかりしました。

舞さんにメッセージが入りました。

「見てお分かりの通り、心ない者が来ている。ここは大切な場所です。そのことを思って入ってください」

「大切な所には入らせていただくという気持ちで、あらためてご挨拶して洞窟に入ってください」

皆それぞれ一礼し、ご挨拶して洞窟に入りました。

私からの写真撮影はかまいませんかの質問に、「撮影はご自由にどうぞ」と舞さん。

美保子さん、まっさん、舞さん、私は11ヶ月ぶりになりますが、洞窟の奥の壁面にも落書きが増えていることに驚き、嘆かわしく思いつつ、しばらく洞窟を見渡していました。最初の洞窟は、降り口も大きく奥の方の上に穴があり、光が差し込んできて明るくなっています。

その後、舞さんへのメッセージで「タイムトラベルを楽しんでください」とのことですので、各自自由に移動し、石に座る人、立ったままの人、壁面の方に向く人、中央に向く人、目を閉じている人など、思い思いに静かなときを過ごしました。

(前年は見えない存在様が地底へ導いてくださいましたが、それはありませんでした。)

私は前年の記憶に集中し、地底世界に思いを馳せていましたが、今回は目を閉じて意識を集中しようとしても、気が散ってしまいました。最初中央を向いて立っていましたが、少し移動し、壁に向かってしゃがみ込みました。少し集中した後、目を開けて立ち上がって、天井や壁を見渡したり、歩き回ったりしました。コウモリも生息するため、独特な臭いがあります。

舞さんを見てみると、舞さんもそのときは目を開いていました。

舞さんを通じて見えない存在のお方から私に、「この地から良いエネルギーが各地に流れるようお祈りしてください」と伝えられたので、そのようにさせていただきました。

その後、「この地が良い状態になるようにお祈りしてください」と伝えられたので、意識を集中し、お祈りさせていただきました。次に「この地で宇宙を意識してください」とのことでしたので、宇宙を意識させていただきました。

しばらくして、他の人も目を開いて動き出しました。

まっさんだけが、まだ石に座り目を閉じていたので、舞さんがそっと肩に触れて合図しました。

皆で最初の洞窟にご挨拶をして、次の洞窟に移動しました。

後で聞いた話ですが、さんちゃんが洞窟の外でウサギを見たそうです。

ご挨拶して洞窟に入り、明るい所に出て、また次の洞窟前でご挨拶して入るというのを繰り返し先に進みました。そのうちに暗い場所でヘッドライトが必要になり、点灯させて進みました。ある所で止まり、さんちゃんの遠くまで照らせるライトで奥まで照らしてもらいました。

舞さんが「ここまでにしましょう」と言い、私が「この先は足場が良くないのでここまでにしますが、洞窟はまだまだ続きます」と説明しました。

最初の洞窟前に戻り、ご挨拶してから入り口の囲いから出ようとしたら、舞さんが「待ってください。最後まで上がらずに少し足場のいい所に移動してください」と言うので、斜面でも7人が立てる場所に移動しました。

舞さんから「ここで大地に祈りを捧げてください。平和の祈りでもいいです」との言葉があり、皆で一緒に祈りを捧げました。

そして「先住民族の長老様のようなお方からのお言葉です。太陽の見える所でエネルギーを受けてください」と言われ、全員でお日様に向かってエネルギーを受けました。

プルート・ケーブを後にして、もと来たトレイルを歩いて戻りました。

途中、優しいお月様のような夕日が見えたので立ち止まってしばらく眺めていました。

駐車場手前で感謝の気持ちで、お別れのご挨拶をしました。

見えない門をくぐった後で、「見えない門が閉まりました」と舞さんが言いました。

次にシティパークに向かいました。

午後8時頃にシティパークに付きましたが、まだ明るいので、湧き水で水を汲んだりした後、小川に向かいました。

三度目の小川でしたが、今回の旅で最後と思われるので、冷たい水に出たり入ったり、身体が慣れてきたので20回繰り返し、最後は数分入って充分に満足しました。また今夜のサラダ用に水草のクレソンを採って車に戻りました。

シャスタシティの中心街のスーパーに車を駐めましたが、皆でゆっくり買物をする時間はなかったので、代表してきのこちゃんが速やかに食材を購入しました。

別荘に戻ったのが夜9時頃と遅くなりましたが、今夜は別荘での最後の夕食となります。洗濯機と乾燥機があるので、美保子さんが「洗濯物がある人は出してください。夕食を食べ終わる頃には、洗濯は終わり乾いていますよ」と声をかけて、食事の支度をしました。

夕食後、談笑の中で、皆の踊りを動画撮影し、ユーチューブにアップしようと盛り上がりました。

さんちゃんが「日本ではあまり知られていないですが、アメリカや中国では流行っている『キューピッドシャッフル』という踊りがあります」と言います。テンポの良い踊りということで、説明動画をパソコンで見て皆で覚えました。

その後、星の話になり、さんちゃんのスマホアプリで、質問に答えて、自分がどこの星から来たかを各自確認しました。該当なしの人は他の星から任意に選びました。きのこちゃんが各自の役割や踊る順番などを決め、さんちゃんが動画を見せながら踊りを指導し、皆もノリノリです。

午前0時過ぎにお開きとなって皆で就寝準備をする中、舞さんとまっさんは別荘の外に出て、前日と同じく異星の方と舞さんが交信したそうです。

翌朝、舞さんが「異星の方から昨夜のお礼のお言葉が入りました」と私たちに伝えてくれました。

5日目　8月25日（金）

朝5時45分出発。早朝散歩は3日連続の舞さんと私の他に、さんちゃんと初参加のきのこちゃんの4名で出発し、今や定番の、廃線となった場所に向かいました。舞さんの希望もあり、線路より右側の広い草地まで歩きました。子鹿が一匹通り過ぎただけで、他の人

マクラウドの廃線場から見る朝陽

は誰もいません。私たちは、その草地で素足になり、大地のエネルギーと宇宙のエネルギー、シャスタの自然、風を受けながら、思い思いのときを過ごしました。

舞さんときのこちゃんは、仰向けに寝て空を眺めていました。

舞さんの「気持ちいいです」という声に誘われ、さんちゃんと私も同じように仰向けになりました。空を眺めたり、深く呼吸したりストレッチをして、ゆったりした心地良い時間を過ごしました。

しばらくして、「気持ちいいのでここで踊ろう」と誰かが言い出しました。さんちゃんがスタンド・バイ・ミーの歌を口ずさんだので、皆で一緒に歌い踊りました。

シャスタシティを通る線路沿いから見るシャスタ山

踊った後、東の方角に歩いて行くと、前方に見える樹木の辺りからお日様が昇ってきました。

樹木の向こうに行けばもっとよく朝陽を見ることができると思い、4人で走り出しました。さんちゃんが先頭に私が続き、その後ろにきのこちゃん、舞さんが続きました。

樹木の向こうまで行こうとしましたが、樹木はかなり先まで続きます。

その内、お日様が顔を出して見える地点で私たちは立ち止まり、光輝く朝陽の神々しさに、思わず皆で合掌しました。樹木の向こうまで行くのは中止して、空が明るくなってきた頃、前日の散歩でシャスタ山がよく見えた場所に移動した後、別荘に戻りました。

貸別荘で過ごしたので、皆で一緒に食事を作り、外食では味わえない楽しさを満喫できました。

今までの食事を振り返ると、美保子さんのふわっとしたオムレツは絶品でした。

舞さんとさんちゃんのカレーはいい味でした。

きのこちゃんのサラダ、美味しかったです。

てるさんのおつまみ風の品々は、実にタイミング良く出されました。

舞さんが味噌汁に入れたリンゴはとてもおいしく、そのアイディアと味に脱帽しました。

今まで私とまっさんは主に配膳や片付けをしましたが、最後は率先してまっさんお一人で、配膳と片付けをしてくださいました。貸別荘だからこそ協力して自炊ができ、居間で寛いだり、交流して、親交を深めることができました。これは、ホテルに泊まった場合には味わえない体験でした。

最後の食事である朝食後、前夜皆で話したキューピッドシャッフルの踊りを踊ってユーチューブにアップする件の続きを相談しました。

話だけで終わると思ったことが、現実になりそうです。

きのこちゃんが、皆の役割を割振りし、撮影の準備をしてくれました。

キッチンのテーブルで、皆が集まり、きのこちゃんがプランを皆に説明してくれ、それぞれのメンバーの惑星の名前を厚紙に書いたりして準備しました。

感謝の思いで最後の掃除、後片付けをし、11時過ぎに別荘を後にしました。

昨日の朝と今朝の散歩で行ったシャスタ山がよく見える廃線跡地に車で行き、そこできのこちゃんが皆の立ち位置を知らせ、出番の確認や振付けの練習をしました。

さんちゃんのスマホで音楽を流し、一回通して練習してからデジカメ、パソコンで本番を撮影しました。

撮影に関しては最初で最後のぶっつけ本番です。

キューピッドシャッフルの音楽に合わせて、皆でノリノリで踊りました。

踊りながら、一人ずつカメラの前に進み、自分の惑星を書いた紙をカメラに向けて、惑星名などを声に出したりしました。

踊っている内に皆ますます楽しく、どんどんハッピーになりました。

踊り終わって、自然に皆でハグし合い、輪になったり万歳したりして、感動を分かち合いました。

帰国後、きのこちゃんが録画を編集しユーチューブにアップしました。

私たちの踊りは、ユーチューブで「JOY7」と検索すると、動画を見ることができます。

（きのこちゃんの動画文字入れ編集では、緊急を金九、異星人を異性人などと、わざと漢字を変えてあります）

さて、ここまで２０１７年８月の旅を時系列で記してきましたが、時間を前年に戻します。

２０１６年９月に行って、翌年は行かなかったシャスタ山のエネルギーの通り道になっていると言われている美しい渓谷、スクアーバレーのことをここでご紹介します。

スクアーバレー　［Squaw Valley］

スクアーバレーは、美保子さんの「湖と渓谷とどちらがいいですか？」という質問に、私が選んだ場所でした。

スクアーバレー

シャスタに関する案内書に、「スクアーバレーはマクラウドに流れ込む、シャスタ山の強いエネルギーの通り道になっている美しい渓谷」とあったからです。

何度かシャスタを訪れた美保子さんも、ここは初めてのようで、スマホとガイド本を参考に車を走らせました。

途中ゴルフ場に寄って、スタッフに道を聞いたりしながらオフロードを走りました。すれ違う車も、道を聞ける人もなく、案内看板もないので、ここかなという道を行きつ戻りつしながら、ようやくスクアーバレーの駐車場に辿り着きました。

車を降りてからも、渓谷への入り口かを探して歩き、ようやく、小さな橋を見つけましたが、渡った先になにがあるかは不明でした。

トレイルらしき道を見つけて進みました。

そこに舞さんへ見えない存在様からメッセージが入りました。

「道やエネルギーのいい所を探すのに没頭していては、周りの森や川、この地の良い所、大切なものが、見えなくなります」

皆そのことを理解し、メッセージに感謝しました。

この森、この地に入らせていただけたことにあらためて感謝して歩き始めると、小川沿いに細いトレイルがありました。

狭いので一列になりました。また少し行くと川側《かわがわ》に岩場があり、平らな所を見つけて皆移動しました。

ここで、舞さんへメッセージが入りました。

「この地にようこそ。ここの自然を五感で感じて楽しんでください」

そのアドバイス通りに、風で木や草がゆれる音、川の音、鳥の声、風、光、森の匂いなどを五感で感じると、エネルギーが身体に満ちてきます。

その先もまだまだ続くトレイルですが、充足したので引き返すことにしました。

駐車場に戻ると、陽が傾きかけていました。

舞さんが「陽の光が当たる場所に行きましょう」と言うので少し陽の当たる所に移動しました。

そこで太陽に向かい、感謝の気持ちを伝えていたところ、以前、宮古島諸島、大神島の見晴し台で感じて以来の、自分の胸の奥まで届く7色の光線を感じました。

そこで太陽から自分の第三の目へ、次に頭頂から、身体全体にエネルギーが入るのを感じました。

皆でお日様のエネルギーをいただき、お日様とこの地に感謝して、スクアーバレーを後にしました。

往路では他の車とあわなかったのに、帰路では車とすれ違いました。

多分、釣り人が、夕方以降に釣れる魚を目当てに行くのだろうと思いました。

スクアーバレーからレディングに向かって美保子さんの運転で車を走らせているとき、

シャスタの森を通る道路（鹿出没）

ある出来事に遭遇しました。そのとき私は、助手席に座っていました。

車の前方に大きな鹿が右から左に横切りました。

その直後、背の低い何かが右横から急に視界に入った瞬間、「ドーン」と音がして衝撃が走りました。そして、その物体は左に横切り、森に去って行くときに姿が見えました。それは子鹿だったのです。

私の視界にほんの一瞬子鹿が走り去って行くのがよぎり、視界から遠ざかっていきました。

私は瞬間、その鹿に「無事でいてください」と祈り、遠隔ヒーリングを行いました。

運転の美保子さんも一瞬のことで何があったのか分からず、ブレーキをかける間もなく、そのまま車を走らせました。後ろに座っていたアキさんが、「子鹿です。ぴょんと立って森の方へ走って行きましたよ」と言ったので、皆ほっとしました。

そして、レディング中央街のメキシカンレストランに着きました。

車を駐め、私は先頭で店に入り席を確保しましたが、美保子さんとアキさんは、車の前方部分を確認していました。後で聞くと動物の毛が2、3本車のナンバープレートに付着していただけで、へこみも傷も、塗料のはがれも、何もなかったそうです。

これを聞いて舞さんは「見えない存在のお方が、お守りしてくれた」と思ったそうです。

その夜、ホテルで舞さんが「先ほど、子鹿を助けました」と見えない存在のお方からメッセージ入ったことを、私たちに伝えてくれました。

舞さんによると、エネルギークッションのようなものを車と子鹿の間に入れてくださったとのこと。いずれにせよ、子鹿も走って親鹿を追っていけて、元気な様子で良かったです。

以上、スクアーバレーの体験でした。

ここから、また2017年8月に話を戻します。

私たちは美保子さんからプレゼントされた3種類の石や、各自持参した石を自主的に、または見えない存在様のお導きで、川や湖につけることがありました。

森の奥に進むと人があまり訪れない、湧き水が滝になった場所を見つけたりします。あるとき、そうした滝壺の横、川となって流れる手前の水たまりに、皆で石を一個ずつつけました。

舞さんが「さんちゃんとヒデさん（私）の石同士が話したがっているので、二つの石をくっつけてください」と言いました。

私の石とさんちゃんの石は水晶でした。私の石は前年シャスタで美保子さんからプレゼントされたヒマラヤ水晶で、さんちゃんのは、約20年前ヒマラヤに行ったとき手に入れた、やはりヒマラヤ水晶でしたので、会話したがっていたのでしょう。

「お互いに石が情報交換しています。皆の石をくっつけましょう」という舞さんに皆で従います。

その後、私がヒマラヤ水晶を寝かせて水につけていたのを舞さんが「立ててください」と言うので、水の中で立てて、砂の中に少し押し入れて安定させました。

しばらくすると、てるさんが「立てた水晶のてっぺんからエネルギーが渦を巻いて入っ

参加仲間の石をつけている場景

てくる」と言います。

私も目をこらし、五感で感じるように意識を集中させると、煙のようなエネルギーが、水晶の上から渦を巻いて入るのが感じられ、他の人たちもしばらくその現象を眺めていました。

この場所は山から小さな滝のように水が落ちてきて小川の出発点になる場所です。

舞さんや仲間と行くお祈りの旅に、美保子さんや舞さんからいただいた石を持って行くことがあります。

川、池、湖などの水場に行き、その水に手をつけられる所で、舞さんが、「持ってきた石を水につけてください」と言うことがあるからです。

その石をつけた水の浄化と、石自身が清められるという相乗効果があるそうです。

今回のシャスタでも、何カ所かの川や湖、池の水に石をつけました。

石が好きなさんちゃんも、いくつか持ってきていて、適当な場所に石を置きました。

私は、舞さんと出会い、5年前に美保子さん主催のツアーに参加して以来、美保子さんと舞さんから石をいただきましたので、いくつか持っています。

今回の旅で、シャスタ山の小川に石をつけた際、あるひとつの石を置き忘れたことを後になって気づきました。可能であれば、置いてきたと思う所に戻りたい気持ちです。

しかしその場所はこのツアーではもう行かない所であり、仮に行ったとしても、川なので流された可能性があります。小さな水晶石で半透明なため水に透けるので、目をこらして見ないとそれが石だとさえ分からないと思います。この石は数年前に舞さんを通していただいた美保子さんからのプレゼントでペイソンレムリアンダイヤモンド水晶と呼ばれ、浄化の働きをします。お祈りの旅や神社参拝の際、持参していただけに愛着がありました。手もとからはなれ、とても残念です。

しかし、石の好きな美保子さんは、「石が必要な人のもとに行き、また別の必要な人や場所に移るのは自然の流れです。従って失くしたり、どこかに置き忘れたりしても悲しまないでください。その石はあなたの手から離れても、別の所でお役目を果たしますので安心してください」とのことでした。再度、美保子さんや舞さんに確認すると、お二人は、「シャスタ山という聖地は、その石にとって最高の場所です」と言われ納得しました。石にとって、良い場所に移動したと思いました。さんちゃんは、シャスタ山に持ってきた水晶石をわざと置いてきたそうです。

今回の旅の宿泊は前述のように貸別荘で、朝食、夕食は自炊し、昼食も手作りおにぎりなどだったので、外食はほとんどありませんでした。お店に入って食べたのは、オーガニック食料品店デリー&イートインで買って食べた昼食と、シャスタ最終日に摂った遅い昼食で、今回の旅では最初で最後のレストランでの食事でした。この店は前年も入った歴史の古いアメリカンレストランでした。名前はYAKS(ヤクス)。この店は、人気店全米百位に入ったこともあるそうです。

レアなビールは、グラスで約千円と高いけれど、とっても濃密だったという仲間の感想でした。

前回座った席は、奥で明かりは暗めでしたが、今回は陽が入る窓側でメニューも見やすい席でした。

ここの人気メニューのハンバーガーを各自好きな種類を注文しました。男性でも全部は食べきれない程の量です。女性は半分ずつシェアする人もいました。残りについてはお持ち帰り容器をもらいました。

好きな人は、帰り際にコーヒーも注文しました。私はきのこちゃんからいただきました。味は日本のようにきめ細かさはなく、ただ濃かったです。お持ち帰りできる容器のカップも長くて量が多いので、私は時間をかけてようやく全部飲みました。


最終日のシャスタの宿は、レディング空港近くのホテルです。繁華街にある大型スーパーで、滞米20年以上のきのこちゃんに店内にあるお勧め品を案内してもらって、お土産などをそれぞれ購入しました。

そのスーパーから近いホテル、モーテル6・レディング・エアポート［Motel 6 Redding Airport］（Address：2861 Memurry Drive, Anderson, CA 96007）にチェックインしたのが午後8時。

飲み物などをさんちゃんとまっさんが買い出しに行き、午後9時過ぎに一つの部屋に集まり、お別れ会を始めました。

明朝は、きのこちゃんだけ9時出発便、後の6人は、5時50分出発便となるので、今回の旅で皆が集まる最後の夜です。さんちゃんが写した写真や、シャスタ山をバックに踊った動画を、打合せ風景から皆で見ました。旅を振り返り、勢いで企画して撮った動画まで一緒に見ることができて、最高の夜となりました。

用意周到で手際がよく、その上、今夜の飲食物もおごってくれたさんちゃんに感謝です。

旅行最終日の夜に動画データをさんちゃんから渡されたきのこちゃんが、帰国後に編集し、ユーチューブにアップすることになりました。


お名残惜しいけれど、午前0時を過ぎたのでお開きとし、翌日の出発時間が違うので、今夜でお別れのきのこちゃんと、皆でハグし、(中には感涙する人もいて)各自部屋に戻りました。

6日目　8月26日(土)
持参した目覚時計の音で午前3時20分起床。車の前3時50分集合。3時55分に、さんちゃんの運転で出発、私たち6人はレディング空港に向かいました。

レディング空港には4時10分過ぎに着きました。美保子さんが、レンタカーを返しに行ったのを待ってから、4時半過ぎにカウンターでチェックインしました。

レディング空港内に店は一軒もなく、自販機だけしかありません。その自販機も現金は使用できない、プリペイドカード専用です。

荷物検査の通過に手間取ったさんちゃん以外はスムーズに進み、出発ロビーに行き、目を閉じてゆったりしたり、話をしたりして、出発を待ちました。

搭乗アナウンスがあっても、さんちゃんは来ませんでしたが、仕方がなく、さんちゃん以外の仲間と共に飛行機に乗り込みました。

そろそろ離陸の時間という頃まで皆ではらはらして待っていたら、ようやく、さんちゃんが機内に入って来ました。その瞬間、舞さん、美保子さん。まっさん、てるさんと私は、一斉に拍手して迎えました。

周り席の人は何が起こったの？　有名人でも乗ってきたの？　という顔をしていました。次の便は早くて3時間後だったので、さんちゃんが、同じ便に無事乗れて良かったです。

レディング発サンフランシスコ空港行きは、予定より少し早い7時前に到着しました。

国内線乗継ぎ便が早い美保子さんと他の人は、ハグしてお別れしました。

サンフランシスコから上海行き飛行機便で、待ち時間が6時間以上あるさんちゃんは、インフォメーションに行かないと出発搭乗口が分からないので、握手して別れました。

てるさんは、サンフランシスコから関西空港行きで出発ロビーが違ったので、途中で、舞さん、まっさん、私の3人と握手して別れました。


太平洋上で機内の窓から外を見ると、ＵＦＯ雲が、ぽっかり浮かんでいました。

シャスタでは、下から見たこの雲を、初めて上から見たので、きっと、見えない存在様か異星の方（?）が、お見送りしてくださっているのだろうと思いました。

旅の最後の締めくくりには最適で快適な機内でした。

7日目　8月27日（日）
飛行機は予定より30分程早い14時55分に成田国際空港に到着し、入国審査後、預け荷物のないまっさんとお別れし、舞さんと私は荷物を受け取り荷物検査も終え、成田空港ターミナル駅で16時30分にお別れしました。

各地でいいエネルギーを沢山受けて、多くの楽しい思い出を胸に帰宅の途につきました。

以上で、８日間のシャスタ山の旅は無事終わりました。

第四章　シャスタ山での出会い

この旅では素晴らしい出会いがありました。

前年に続き、美保子さんに「２０１７年スペシャル企画：聖シャスタ山への祈りの旅」を主催、案内していただきました。

美保子さんなくしては、～壮大でコスミックなインナーワールドへのジャーニー～の旅は実現しませんでした。

そして、そのツアーに参加したメンバー「JOY7」を紹介させていただきます。

今年のシャスタ山への旅は、主催の美保子さん、参加者のまっさん、舞さん、さんちゃん、てるさん、きのこちゃん、と私の合計７人で行きました。

これも偶然の必然。出会う人達が出会うときに、出会う場所で会ったからこそ実現した旅です。このことは、舞さんを通して、見えない存在様からお言葉をいただきました。

私たち７人で北斗七星。別の星から来て美しい地球で生まれ育ち、シャスタに集いました。

まっさん

前年も一緒にシャスタに行ったまっさんとは、長年おつきあいさせていただいています。私が舞さんと約9年半前に出会って、初めて祈りの旅に行ったときにも一緒でした。その後も何度か、各地を一緒に旅しました。優しく気配りができ、向上心、探究心のある人です。

山歩きの経験豊富で、祈りの旅などにお誘いすると、機敏で的確な行動をされる、信頼のおける素晴らしい人です。

本来持っている能力が開いたのでしょう。まっさんは、前年シャスタの森で、水の精霊さんや妖精さんが見えるようになりました。

また、2016年9月のシャスタ旅行で、一人で早朝の散歩をしたとき、UFOを間近に見たという貴重な体験者です。

前年の宿泊先はB&B（ベッド&ブレックファースト）のモーテル（駐車場付き道路沿いホテル）。モーテルの朝食コーナー（フロントの前にテーブルが置かれパン、ジャム、バター、コーヒー、紅茶や緑茶ティーパック、果物などミニバイキング形式）に、まっさんが朝7時にやってきて、興奮気味にUFO遭遇の模様を話した光景は今も覚えています。

まっさんによると、「ＵＦＯは、初めは遠い上空に見えていて、最初は遠近感を感じなかったけれど、だんだん近づいてきて、楕円形の物体が縦になって迫ってきました。怖いので、『それ以上近づかないで』と思いつつ、後ずさりしました。そうしたら円盤は、すぐに遠くに行ってしまいました」とのことでした。

今年は、まっさんだけにＵＦＯが接近したことはなかったのですが、舞さんを通した「怖がらないで」とのメッセージを聞き、まっさんは、納得したようでした。

さんちゃんの、どこの星から来たのかが分かるクイズ形式のアプリによると、まっさんの星は、プレアディス。だとすると接近した円盤はプレアディスから？

まっさんは、前年私からのシャスタの旅のお誘いメールに即日、参加の返信をくれて、チケットを手配してくれました。

前年の旅の2日目、シャスタ山に入って自由行動のときに、「自分は何をしているのか。他の人は自由にシャスタを満喫しているのに、自分は頭が解放されていない……」と頭の中で葛藤したそうです。

しかし、やがて開き直ったように「シャスタの素晴らしい自然を無心で楽しもう」と意識を変えてから、自然を見る目や五感の感覚が変化したそうです。そしてよりクリアーな感覚になりました。彼のもともとあった能力が開花した結果だと思います。

これもシャスタ効果、いわゆるシャスタマジックのひとつと感じました。

今後、まっさんの感性はますます磨かれ、人生はより豊かになることでしょう。

てるさん

てるさんは、美保子さんの著書「宇宙心」を読み、美保子さんのブログを見たことで、シャスタツアーに参加されました。

てるさんが初めて書いた本が、旅の出発日の朝に私が図書館で借りた本でした。そのことが、レディング空港からシャスタに向かう車の中で分かり、偶然の必然の出会いと感じました。

てるさんは、ヒーラーで、エネルギーを感じる人です。

シャスタ移動中の車中では、舞さんと私の間に座った際、舞さんと私が気を送るとすぐに感じる、感性の高い人です。

また地元の観光ボランティアガイドもしています。

明るい笑顔、前向きな明るい性格で、周りの人を明るく楽しくしてくれます。

自然の中で木や草花にあいさつする時に手をかざす、踊るようなしぐさが印象的でした。

さんちゃん

さんちゃんは、石の繋がりで久しぶりに美保子さんの更新初日のブログを見ると、シャスタツアー参加者募集開始とあり、「『シャスタ』？　呼ばれているな」と直感したそうです。

これは、呼ばれている人は何かのきっかけでシャスタに行くことになるという、いい実例です。


さんちゃんは、上海在住で日本企業の中国支社に勤めている日本人ビジネスマンです。

今回のツアー初日、上海空港に行って、予約していた飛行機に乗る際、オーバーブッキングとなり、運良くビジネスクラスに振替えてもらえたそうです。

機体トラブルで飛行機の座席で6時間も待たされた上、その日の飛行は取り止めになりました。仕方なく帰宅すると、ご家族はもうやめた方がいいと言っていましたが、さんちゃんは、翌日再び上海空港に行きました。前日乗れなかった乗客のほとんどが、この日も空港に来ています。カウンター前は150人以上の人が受付待ちの列に並んでいたそうです。

これでは時間がかかり過ぎると、辺りを見回すと、「予約便変更」カウンターが目に入り、数人しか待っていなかったそうです。機転を利かせてその列に並び、すぐに手続きしてもらえて、その日もビジネスクラスに乗ることができ、「上海からサンフランシスコまで予定通り到着しました」と美保子さんへメールを送りました。サンフランシスコからレディングも順調に飛び、ツアー2日目に、レディング空港に迎えに行ったきのこちゃんと無事会えて、シャスタシティスーパーで皆と合流したのは前述の通りです。

シャスタ入りはツアー2日目でしたが、その日、8月22日は、さんちゃんの誕生日であったこと、その晩、誕生日祝いをしたことも前述しました。これも偶然の必然です。

さんちゃんは日本人ですが、中国在住20年で中国語に堪能であり、趣味はトライアスロン、石の収集で、空や星、自然を見ることが好きな青年です。家事も得意で料理、洗い物など率先してやってくれました。国内B級ライセンスも持っている上手な運転技術で、シャスタでも運転してくださいました。

動画撮影、音楽、アプリ操作なども手際いいナイスガイです。

きのこちゃん

レディング空港で初めてお会いしました。

美保子さんが主催する「セドナ・ホピランドツアー」に前年参加した関係で、今年もシャスタツアーに参加されました。滞米20年以上なので日本よりアメリカでの生活が長く、今回の参加者で一番若い女性です。

シャスタに私たちより2日早く入り、私たちが借りた別荘と同じ地区、マクラウドのホテルに泊り、レンタカーで巡っていたので、周辺地理に詳しくて大変助かりました。

記憶力抜群で、一度通った道は覚えてしまうということに感心しました。

さんちゃんをレディング空港に迎えに行ったり、スーパーで手際良く食材の買い物をしてくれました。テーブルに花を飾ったり、ゴミ拾いなど、素敵な気配りのできる人です。

キャッスルレイクとハートレイクに、私たちがシャスタ入りする前に2回行っていたので、不整備なトレイルや道なき道を行く際、先導役となってくれてとても助かりました。

私のおやじギャグにすぐ反応し笑ってくれた、心の広い人です。

また舞さんと会って「メッセージが聞こえる人がいるのは本読んで知っていましたが、身近で会うのは初めてだったので驚きました。舞さんは、とても自然体でメッセージを受け取り、旅の仲間の私たちに伝えてくれたことがとても新鮮でした」と話していました。

舞さん

舞さんと私のご縁は、約十年前の不思議な出会いから始まりました。私と出会ったことがきっかけで、見えない存在様とチャネリング、テレパシー交信、会話ができるようになりました。リーディング（読み取り）能力も開花しました。見えない存在様や、動物、樹木、石などからのメッセージを受け取り、言葉に翻訳することもできます。私が「宇宙心」を読んでその本を舞さんへプレゼントしましたが、舞さんが読み終えて、美保子さんのブログを見たのが２０１２年の5月でした。ブログ中の「セドナ・ホピツアー募集中」に閃《ひらめ》くものを感じ、美保子さんへ初めてメールし、出会いました。

舞さんなくして、この2回の不思議で充実したシャスタの特別な旅はなかったです。旅を、三次元のみならず、異次元の領域までに展開させてくれたことは大変有難いです。今回の旅でも、シャスタ山や森、泉、滝、水、各地をお守りする見えない存在様のお言葉や、樹木の精霊や妖精さん、石などのメッセージを伝えていただきました。

メッセージをくださった方々から、旅の後にも、メッセージが入ることがあります。

舞さんは見えない存在様などとテレパシー交信や会話ができますが、霊能者でも宗教家でもありません。

祈りの旅のときなど必要に応じて、メッセージは入りますが、普段はごく普通の暮らしをしています。

美保子さん

前述しましたが、2012年7月のセドナ・ホピツアーに、私も含めた仲間5人と他1名の計6名で参加しました。そのときが、美保子さんとの最初の出会いです。翌2013年7月にも、美保子さん主催のセドナ・ホピツアーと米国南西部のツアーに参加しました。

そして、2回目となる「スペシャル企画：聖シャスタ山への祈りの旅」も主催し、案内していただきました。舞さんと同様に美保子さんなくしては、~壮大でコスミックなインナーワールドへのジャーニー~の旅は実現しませんでした。

美保子さんは、滞米歴30年余年、また40年前から世界各地を旅する、勇気と行動力溢れ、心身ともに柔軟性があり、とても聡明な方です。

石が趣味で、「石キチ」（石オタク）を自認し、それで良い石が集められるアリゾナに住んでいるそうです。長年ブログを書いていらっしゃいます。明快な表現の素敵な文章と写真に触れたり、ご活躍の様子を知るために、私も時々拝見しています。

また、作家、翻訳家、会議通訳者、旅行主催案内、ヨガティーチャー、トゥーリーティング（足の指を読む）のマスターなど多彩な才能をお持ちで、見えない世界に理解があり、常に臨機応変な対応をされ、他では味わえないスペシャルな旅が実現しました。

スパイダーウーマンとも言われています（スパイダーウーマンと呼ばれるようになった経緯は、「宇宙心」を参照してください）。

世界百数十カ国を旅されて、友人、知人が多く、ご自身も「私は繋ぐ人です」と言われるように、人と人を繋ぎ、人と場を繋ぎ、また、天、宇宙と人々を繋ぐ人なのでしょう。

私は、40年以上前から20数年前までは、海外旅行にほとんど1人で、数十回行きました。その後、仕事の関係で海外旅行は行かなくなりました。そして、不思議な流れに乗せていただいた後は、主に国内、ときどき海外に行くようになりました。

その中で美保子さんのツアーは、最近6年間で4回参加しました。

第五章　シャスタ山の感じ方

「シャスタ山は、呼ばれた人が行く」という説もありますが、私は、シャスタ山はとても優しくて懐が深く、誰でも受け入れてくれると感じています。

しかし、シャスタには、単なる観光として行く人は少ないように思います。

シャスタ山には、自然の魅力の他に、パワースポット、エネルギースポット、ネイティブアメリカンの聖地、地底都市の入り口、精霊、妖精、ＵＦＯ、スピリチュアルなことなど、他にはない多くの魅力、不思議なところがあります。従って何かを期待をして行くのは当然と言えるでしょう。

でも、それらの思いは一旦しまい込んで、真っ新《さら》な気持ちで楽しむのがいいと思います。肩の力を抜いて、自然体でシャスタ山を楽しみましょう。

何冊か読んだシャスタ山のガイドブックの中で、一冊だけ２０１６年９月の旅に持って行った本があります。

それは「パワースポット　シャスタ山の歩き方」（高橋操・文、中尾好孝・写真、ヴォイス発行）です。この本は、お互い知らせてないのに、美保子さんも２０１６年９月に持っていらっしゃいました。

シャスタの案内本は少ない中、本書は掲載写真は美しく、内容もかなり参考になります。この本で感銘した文章がありましたので、ここで紹介させていただきます（以下引用文）。

［ある夕方、私達はハートレイクへの長いハイキングからの帰り道だった。私たちは太陽が山をピンク、ゴールド、そしてラベンダー色に染めた瞬間車を止め、静けさの中で車を降り、深まり行く静寂の美に浸るためにごつごつした岩山の絶壁に立った。（中略）はじめ私たちは、傍らで一組の男女が、同じようにその景色を眺めて、絶壁に立っていることに気づかなかった。（中略）私達はその瞬間を「時代遅れ」のカップルと一緒に楽しんだ。そして日が沈み、車に戻る準備を始めたとき、おかしなことにそのカップルは忽然として姿を消していた。（中略）彼らの格好からして、キャンプをするために来たのではないことも明白だった。（中略）この山はときとして時間の流れを止め、人々の出会いの場を作る。

マウントシャスタは失われた大陸、レムリアからの生存者が最後にたどり着いた場所という伝説がある。そして、ここは多くのスピリチュアルな遭遇話が存在する。その中で最も興味深いのは、１９３４年にスピリチュアルグループ、IAM Foundationを設立したエンジニア、ガイ・バーバラ氏が１９３０年にパンサーメドウズで体験した話だろう。

バーバラ氏は政府からシャスタの小さな町に派遣された。著書「Unveiled Mysteries」の中でバラード氏はある明け方、神に「道をお示しください」と問いかけ、行く先のあてもなく出発したと語っている。そして昼食の頃、彼は気づくと草原の中にいた。膝をついて水を飲んでいる時、彼は自分の体の中を強い電流が通り抜けるのを感じた。振り返ると、一見ハイカーに見える若い男が立っていた。バラード氏は彼が普通の人間でないことをすぐに察知した。

その男はバラード氏に一杯の甘い飲み物を与えた。それを飲んだ瞬間に彼の意識を覚醒させた。「いま飲んだものは」見知らぬ男が話し始めた。「私達の周りのあらゆる所に存在し、宇宙から直接やって来たものだ。しかし供給を得るためには、私達の意識的コントロールと方向づけが必要なのだ。私達が充分に愛に満たされた時、宇宙からの供給がそれに伴って溢れ出る。宇宙は愛の法則に従って動いているからだ」

男はバーバラに、「神と繋がるためには、エゴと現象を追いかける欲望から解放されることが重要である」と説いた。「今朝家を出る時、君はハイキングに行くと思っていただろう。それが君の表層意識が考えていたことだ。しかし深い意識下では、実は君のもっと深い部分の願いを叶えるために、内なる神のガイダンスが会うべき人、場所そして状態へと君を導いたのだ。願望の中に潜む〝直感〟が強ければ強いほど、神との繋がりはもっと早くもたらせるようになる」

男は自分がマスター・セント・ジャーメインであると告げた。セント・ジャーメインはいくつもの異なった時代に姿を現し、人類愛を説く不死の存在として知られている。

数日後、バラード氏は草原でセント・ジャーメインに会うことになっていた。しかし、座って待っていたバラード氏に近づいてきたのは1頭の豹だった。バラード氏は、恐怖とパニックで身動きできない状態になりながらも、彼全体に愛が満ち溢れ、その愛が直接、豹に光線として流れて行った。恐怖は消えていた。豹は足を摺り合わせながら、まるでペットのように仰向けになった。突然そこにセント・ジャーメインが現れた。セント・ジャーメインは、豹は自分が送ったものではなかったが、結果的にバラード氏が愛を送ることによって、恐れを克服したことを証明するテストとなったことを告げた。「勇気を示すテストに君は合格したので、私は君をもっと助けることができるようになった。これから君はもっと強くなり、幸せになり、もっと大いなる自由を表現できるようになるだろう」。そして、この場所は「パンサーメドウズ」と呼ばれるようになった。

この話から、「最も大切なことは神に道を求めれば、私達は適切に導かれる」ということだろう。恐怖にさいなまれている時、私達は愛を送る方法を身につけなければならない。そして、新たな扉が開かれることを祈るのだ。恐れや心配から注意をそらせれば、私達のスピリチュアル・ガイドは私達にもっと語りかけやすくなる。恐怖の影響から解放される時、私達は本当に強くなれる。心からの願いや祈りはさらなる良きものを運んでくる。

ぜひあなたもマウントシャスタに訪れて、自己の最も深い部分と繋がり、魔法に触れ、パワフルでスピリチュアルな、この山の魅力を味わっていただきたい。

（エルセリート・カルフォルニア２００４年）」

以上、「パワースポット　シャスタ山の歩き方」からの引用でした。（文字も引用通り）
「神と繋がるためには、エゴと現象を追いかける欲望から解放されることが重要である」「……願望の中に潜む〝直感〟が強ければ強いほど、神との繋がりはもっと早くもたらせるようになる」「最も大切なことは神に道を求めれば、私達は適切に導かれる」……など、とても示唆に富んでいて大いに参考になりました。

２０１６年９月、シャスタ、スクアーバレーで舞さんが見えない存在様からいただいたメッセージを再度ご紹介いたします。

「道やエネルギーのいい所を探すのに没頭していては、周りの森や川、この地の良い所、大切なものが、見えなくなります」

このメッセージでは、シャスタ山とその周辺での感じ方をお導きいただきました。

このことは、人生、生き方、ものの見方などにも通じるところがあり、とても重要なことだと感じました。


シャスタ山、自然、聖地、パワースポット、ボルテックス、エネルギースポットなどの、エネルギーの感じ方は受ける人の、感覚、感性により様々です。

感性を高め、より深く感じるには、五感を研ぎ澄ませることが大切です。

それには、よく観《み》て聴くこと、体全体で感じることです。

美しい風景や光り輝く情景を見たとき、楽しさや喜びの感情に素直に反応すると、景色はより美しく、光はより輝きます。

具体的には、「美しい！」「きれい！」「素晴らしい！」と声に出し、表情や体で感情表現すると、情景は更に美しく、きれいに、素晴らしく光り、輝きを増します。
これは、宇宙の法則、エネルギーの法則、鏡の法則と関係しています。

シャスタ山は、全てを受け入れる包容力がありますが、その人の受け入れ態勢に応じて心身の変化、変容が起こる可能性があると言えるでしょう。
何かを期待して行動することは、それはそれでいいですが、行動後は天に任せる、精神の解放、心を広げ、全てに感謝する気持ちや素直な心が、大切と考えます。

シャスタ山とその周辺には、まだ未知の素晴らしい場所があります。

旅は、行く前、行っているとき、行った後とそれぞれ楽しめます。

この旅は終わりはでなく、次の始まりでもあるのです。

第六章　シャスタマジック、シャスタ山の贈り物

1 シャスタマジック

シャスタマジックとは、シャスタで多くの人に予想外の出会い、出来事が次々と起こり、幸運へと導かれる体験をすることを言います。

霊性に目覚めた人、不思議な出会いをした人、人生の気づきを得た人などが皆、マジックに掛かったように思うようです。

シャスタ山には地底都市（シャンバラ）への入り口があるとされ、実際に地底都市に辿り着いたという体験を語る人もいます。

他にアカシックレコードと言われる万物全ての記憶庫にアクセスする、宇宙と繋がる、精霊と出会うなど、不思議な体験が続きます。

更に、シャスタに着いたのに、別の場所にテレポーションしたと語る人までいるそうです。

これらは前述のように、シャスタが地球の第8チャクラに位置することに関係するで

しょう。

第8チャクラは肉体にある7つのチャクラの更に上、精神、意識レベルでエネルギーに作用すると考えられています。

更にシャスタは、古代の大文明レムリアの生き残りが移った場所で、彼らは穴を掘って地底都市を作ったとも言われています。

このように、次元や空間を超えて行き来できるパワーがシャスタにはあります。

そのため、世界中から、意識を変容させたい人、人生を切り開きたい人、自分の真の使命を生きたい人、気づきや精神性を大切にする人たちが後を絶ちません。

以上が、シャスタマジックの一般的な解釈です。

前述と重なる部分もありますが、ここで今回の仲間のシャスタマジックを、私の視点でまとめてご紹介いたします。

2　ツアー仲間のシャスタマジック

まっさん

２０１６年と２０１７年に参加し、本来ある能力が開き、森や水の精霊、妖精が見えるようになりました。

このため、もともと山歩きが好きな彼は、日本の自然の中でも精霊や妖精を見ているようです。

また２０１６年は、ＵＦＯを間近に見て、２０１７年は舞さんを通して、ＵＦＯ乗船（？）のお誘い、２０１７年８月は舞さんを通じ異星からのメッセージがありました。今後のＵＦＯとの遭遇、更なる展開が楽しみです。

さんちゃん

機体トラブルで到着が一日遅れたハプニングで、シャスタに着いた日が誕生日だった偶然。１日目不参加は残念でしたが、２日目からの参加に意味があったようです。

プルートケイブで瞑想中、メッセージが入ったそうです。

美保子さんが、スパイダーウーマンと呼ばれているなら、さんちゃんは、スーパーマンであると思います。1日遅れの参加でも私たちとすぐうちとける協調性、柔軟性。数百人をまとめるリーダービジネスマンであり、趣味はトライアスロン。車の運転も上手く、石、空、雲を見るのが好きで、家事も得意とし、ビジネス小説も書いているというまさに文武両道です。今後も公私ともに活躍されることでしょう。

てるさん

私が旅立つ日の朝に手にした本の著者がてるさんとは、驚き、桃の木です（笑顔）。シャスタでの出会い、体験が素晴らしかったので、帰国後、てるさんもこの旅を本にしようと思い、一気に原稿を書き上げ、出版が決まりました。本書が発行される頃にはすでに、てるさんの本は出版されていることでしょう。ひと皮むけ、これから更に、ヒーリングに磨きがかかり、人生を楽しまれると思います。

きのこちゃん

頑張り屋さんで、ときどき頑張り過ぎてきたようですが、ここに来て、肩の力を抜くことの大切さを実感したようです。きのこちゃんは、美保子さんや舞さん、私たちと出会い、「自然体でいいんだ」と気づいたようです。

シャスタで初めて会った日から、日に日に笑顔が素敵に、そして元気になりました。

その力が発揮されるところで、これからの活躍を期待しています。

舞さん

２００８年6月から、見えない存在様からメッセージが入り、チャネリングやテレパシー交信ができる人ですが、他にもリーディング（読み取り）などの持っている能力が更に高まり、感性がまた磨かれたようです。

今回の旅で、初めて異星の方と交信しました。

帰国後、「母船に乗りませんか」とお誘いがあったそうです。

舞さんが驚いて「まだ、心の準備ができていませんので、乗れません」と答えると、数日後、またお誘いがありました。

舞さんは「一人では怖いので、仲間と一緒で、この星に戻してくれるなら乗ります」と答えたそうです。

そう遠くない時に、シャスタの旅のメンバーと宇宙船に乗るときが来るかもしれません。

美保子さん

舞さんを通して、異星の方から美保子さんへ「私たちの思いを分かってくれる個体（One body）がいることは大変嬉しいことです」とメッセージが入りました。

今回の旅では、美保子さんと舞さんが、同時に同じことを考えていたり、言葉にする場面が、何度かありました。

二人がシンクロし、相乗効果で感性が高まったようです。更に、感性が高まり、新たな展開があると思います。ご自身のプロジェクトの進展、多方面でのご活躍が楽しみです。

私

私は聖地やパワースポットと言われる所に行った後、エネルギーがレベルアップすることが多いです。このことはクライアントさんからの感想でも確認し、感謝しています。

特に2回目のシャスタに行って以来、エネルギーのレベルアップが加速しました。

これからも、レベルアップしたエネルギーの力を必要とする人の健康のために、お役に立ちたいという気持ちがより強くなりました。

私の仕事であるエネルギー療法の施術やヒーリングの際、感性が高まり、感覚が鋭くなったことを感じています。改善効果が早くなったのを実感し、感謝しています。

日常でも、草花や木の葉の色が、今まで以上に鮮やかに感じるようになりました。

美しい地球に生まれてよかった、という思いが、更に強くなりました。

シャスタに行く前から、シャスタマジックがありました。

初めて本を出版することになったのです。

また、シャスタに行った後、初めての本を書いている時に、シャスタの本も書きたくなり、前述の美保子さんの『宇宙心』繋がりで明窓出版に連絡し、本書を出版していただくことになりました。

その結果、未経験の私が、２冊続けて本を出版することになりました。

これは、シャスタに行った後のシャスタマジックだと思います。ありがとうございます。

シャスタから戻って、数人から「また若くなりましたね」と言われました。

また自然や宇宙、見えない存在様への畏敬の念と感謝の思いが更に強くなりました。

旅の後で

シャスタで出会った7人は、出会うべくして出会った仲間でした。
7人は、深い所で繋がっていると感じています。
また、どこかで再会するでしょう。

シャスタ山の旅が終わっても、7人の旅は続きます。

シャスタ山から沢山のエネルギーを受け取り、素晴らしい体験をさせていただき、感謝いたします。

シャスタ山と、その周辺、および、見えない存在様、全てに心から感謝申上げます。

地球の平和、宇宙の安寧をお祈り申上げます。

あとがき

ご縁によって本書を手にとり、最後までお読みいただきまして誠にありがとうございます。

シャスタ山とその周辺の魅力と、実際に旅して見たこと、感じたこと、気づいたことを書きました。その他、随所に見えない存在様からのメッセージも記し、見えない世界もお伝えしました。私たちには見える世界と見えない世界があります。

見える世界に注目しがちですが、私たちが見ているのは、ごく一部との説もあります。シャスタ山とその周辺は、見えない世界との接点がいくつもある、大変重要な所です。

今回も、見えないものが見える人と聞こえないことが聞こえる（テレパシー交信する）人が旅の仲間であったため、普通の旅とは違う不思議な世界へ旅をすることができました。美保子さんが主催する旅だからこそ実現できた特別な旅でした。本書を読まれて、シャスタ山の素晴らしさやエネルギーを感じ、元気になり、また気づきに繋がれば幸いです。

更に、気・エネルギーと見えない世界にもご理解を深めていただければ、望外の喜びです。

シャスタ山の自然、その他全てに感謝いたします。

私は日常や旅行中でも写真を撮りません。２０１７年のシャスタの旅行前、ある事情で必要になりカメラを手に入れて、今回携行しました。

しかし不慣れと写真を撮る習慣がないため、撮った写真も少なく、また本書は旅の後に書くことを決めたので、本にするための写真の用意もありませんでした。

そのため出版にあたり、「写真も欲しい」と連絡を受けた時、適当な写真がほとんど無いことに気付きました。

そこで、２０１６年９月にシャスタに一緒に行っていただいた、映像作家の小島晃氏に写真提供をお願いし、ご快諾いただき感謝申し上げます。ありがとうございました。

本書が出版できますのも、明窓出版麻生真澄社長、坂牧健一編集長、校正ご担当、その他、関係者の方々のお陰です。御礼申し上げます。

また２０１６年９月と２０１７年８月のシャスタの旅を一緒に行っていただいた方々に、あらためて感謝申上げます。

特に旅を主催しご案内いただきました美保子さん、メッセージを伝えてくださいました舞さん、本当にありがとうございました。

シャスタ　光《ひかり》の旅《たび》
世界七大聖山《せかいななだいせいざん》を行《い》く

酒井秀雄《さかいひでお》

明窓出版

平成三十年八月一日初刷発行
発行者 ―― 麻生　真澄
発行所 ―― 明窓出版株式会社
〒一六四―〇〇一二
東京都中野区本町六―二七―一三
電話　（〇三）三三八〇―八三〇三
ＦＡＸ（〇三）三三八〇―六四二四
振替　〇〇一六〇―一―一九二七六六
印刷所 ―― 中央精版印刷株式会社

ISBN978-4-89634-391-5

著者プロフィール

酒井秀雄

公的資格：鍼師。灸師。按摩・マッサージ・指圧師。柔道整復師。

その他資格：日本体育協会公認トレーナー。

職業：サカイ・エナジー療法室（酒井鍼灸指圧院内）院長。

現在はエネルギー療法主体の独自の施術、ヒーリング（直接、遠隔）を行っている。

数年前からヒーリングセミナーを主催。

その他：約20年間エネルギー研鑽会（非営利）を主宰し、毎月開催。

著書：『健康で幸せな人生を送る鍵』
（galaxy株式会社　2018年7～8月頃発行予定）

なぜ祈りの力で病気が消えるのか？
いま明かされる想いのかがく

花咲てるみ

医師学会において「祈りの研究」が進み、古来より人間が続けてきた祈りが科学として認められつつあります。

なぜ様々な病状は祈りで軽減され、治癒に向かうのか?

病気の不安から解放されるばかりか、人生の目的に迫ることができます。


（アマゾンレビューより）★★★★★すべてのひとに読んでもらいたい本
「なぜ祈りの力で病気が消えるのか？」というタイトルではありますが、病気以外についての内容もたくさん書いてあります。

優しい語り口で書かれているのでどんな人が読んでも心穏やかになれる本だと思います。

怒っている時、焦っている時に限って嫌なことが起こる理由。

神社やお寺に行くと心がすっきりする理由。

引き寄せの法則などなど。

スピリチュアルなことから日常のことまで書かれている本です。

あっという間に読みすすめられます。

「病気は『気付き』を与えるためのサイン」

病気で苦しんでいる人、日々のちょっとしたことでモヤモヤとしている人におすすめしたい本です。

本体価格　1350円

アメリカ・オレゴンより宇宙愛をこめて

なぜ魔法使いは和筆ですべてを創造できるのか?

ルーマン恵里

幼い頃から「NO」というのが苦手で、仕方なく周りに同調してきた著者が、「あるがままでいるため」初めて自分の魂の声に従って行ったのが国外脱出だった。

語学も特別なスキルも持ち合わせていない彼女をアメリカはどのように受け入れたのか?

日本の常識を捨てて暮らすうち、DNAに刻まれた日本人の文化が徐々に彼女の個性を引き立てていく。

自由奔放に生き続ける著者が、新たな一歩を踏み出せずにいる人の気持ちに寄り添うように語りかける。

本書では、今も大自然と古き良き時代が残るオレゴン州での生活を追体験でき、出る杭を打たれることなく純粋培養されたスピリチュアリティーが生んだ、あなたに必要な「自己肯定のメッセージ」を感じることができる。


（アマゾンレビューより）★★★★★「あるがままに自分の信じる道を進めば、必ず道はひらけると、この本を読んで改めて気付きました。宇宙とは自分の内側にあるものなのですね。悩んだり迷ったりしたら、この本をまた読み返して、背中を押してもらいたい。元気がもらえる本です。スピリチュアルなことから日常のことまで書かれている本です。

本体価格　1300円

ジョセフ・ティテル
霊的感性の気付きかた

ジョセフ・ティテル（著）　永井涼一（翻訳）

（まえがきより）「本書での私の目標は、私自身の亡き家族と、私がリーディングをした人々の亡き家族との交信から得た体験を、読者であるあなたにお話する事です。内容のすべては、そうした体験の正確な描写であり、演出や誇張はありません。登場人物たちは実在しますが、一部の人たちの名前はプライバシー保護のため代えてあります。

私たちは死後あの世へ行きますが、亡くなった家族は今でもまだ人生の一部であり、私たちが人生で成果を上げていくのを見守っています。あなたが本書からそれを理解し、心を開いてくだされば幸いです。私の体験を共有して頂く事が、最愛の人を失くした時に、あなたに必要な癒しと証を得る助けになる事を願っています」

（アマゾンレビューより）★★★★★　正直読み終わるまでこの方がそんなに有名な予言者だとは知らず予言に関心もなかったのですが、予言者の要素はあまり関係なく霊媒師としての経歴がメインで、ミーディアム系海外ドラマ好きな私にはそちらの方がずっと興味深く読めました。交信記録や残された家族等の反応、霊媒師の仕事を通して感じた死後の世界の捉え方など、いずれも静かで美しく救いのある描写によって綴られており、大切な人を亡くして後悔を残し続けている方にこそ読んでほしい内容です。

本体価格 1500円